Katja Herzog

SEELENPUTZ

FIMMEL

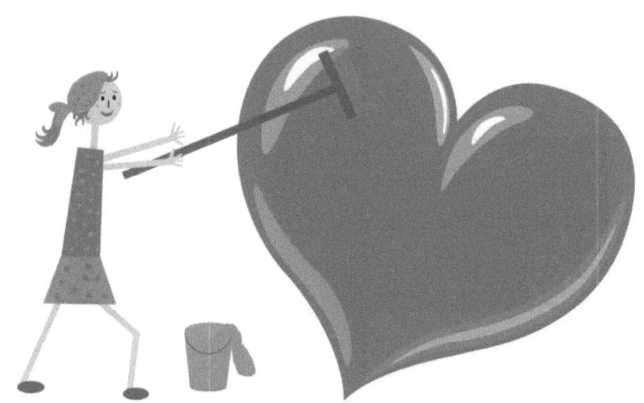

Bibliografische Information der Deutschen Nationalbibliothek
Die Deutsche Nationalbibliothek verzeichnet diese Publikation in der
Deutschen Nationalbibliografie; detaillierte bibliografische Daten sind
im Internet über http://dnb.d-nb.de abrufbar.

© Katja Herzog

1.Auflage 2012

Covergestaltung: Sabine Brust

Herstellung und Verlag: Books on Demand GmbH, Norderstedt

ISBN 978-3-8423-7888-9

.

INHALT

Ich lag auf dem Bett und glotzte gegen die Decke. Das tat ich sonntags um halb zwölf immer. Es war einfach so. Nein, es gehörte so. Es gehörte in mein Leben. Es passte irgendwie dahin. Ich mochte es gerne, wenn etwas wohin passte. Ja, so konnte ich gut hier liegen. Schön passend. Ich faltete meine Hände über dem Bauch und machte mich ganz gerade. Ich streckte meine Zehen nach vorn und drückte meinen Kopf gegen das Kissen. Perfekt. So lag ich da, mit dem guten Gefühl, eine exakte halbe Stunde hier liegen zu können. Um Punkt zwölf wollte ich aufstehen und mich ein wenig zurechtmachen. Vorsorglich bewegte ich meinen Kopf nur leicht auf dem Kissen, damit meine Frisur so gut wie möglich erhalten wurde. Johanna Johannson, meine allerbeste Freundin, wollte mich um zwölf Uhr dreißig abholen. Denn wie jeden Sonntag aßen wir im „Seestern" zu Mittag. Aber jetzt hatte ich erst einmal Zeit, in meine Gedankenwelt abzutauchen.

Oh wie gern träumte ich davon, dass die Welt viereckig wäre. Bei dieser Vorstellung hüpfte mein Herz, und zwar absolut senkrecht. Der Gedanke, dass alle Dinge wie Puzzleteile ineinanderpassen würden, verzückte mich. Alles wäre berechenbar, gar zählbar und feinsäuberlich in Schubladen sortiert – ein Hochgenuss! Das beschrieb ich am liebsten mit dreihundert Schuhkartons voll agbepackter Glückseligkeit. Und genau aus diesem Grund bewahrte ich in meinem Schlafzimmerschrank und meiner Kommode im Flur alle möglichen Behältnisse auf. Ich liebte Ordnung. Auch Gefühlsordnung, die war mir die liebste. Mal ehrlich, es war doch eine gute Sache, seine Gefühle in einem Schrank geordnet zu wissen. Dann hatte man immer einen Überblick. Das ersparte doch unheimlich viel Stress und Verwirrung. Wenn man so gut vorbereitet war wie ich, dann konnte einem nichts mehr passieren. Ich hatte für jedes Gefühl den passenden Karton, einen Beutel oder eine Tüte. Je nachdem, wie es sich am besten verpacken ließ. So stapelte ich Schuhkartons, hortete Streichholzschachteln, Plastikboxen und diverse Kästchen und Döschen in meiner Wohnung.

Ich warf einen Blick auf meinen Wecker. Mich durchfuhr eine wohlige Wärme, denn ich konnte noch vierundzwanzig Minuten hier liegenbleiben.

Ich wusste einfach gern, was auf mich zukam. Meine Skala der Schrecklichkeiten war mir dafür ein treuer Diener. Als ich vor vier Jahren, zwei Monaten und sechs Tagen meine Wohnung bezogen hatte, habe ich mir im Baumarkt eine besondere Farbe gekauft. Sie hatte die wunderbare Eigenschaft, den Charakter einer Schultafel in sich zu tragen. Herrlich, wie sich zwei Komponenten so wunderbar zu einem für mich perfekten Objekt zusammenfügten. Man konnte einfach eine Fläche auf der Wand ausmalen und dann später, wenn alles getrocknet war, mit Kreide darauf herumkritzeln. Nach Belieben erneuerte man so das Geschriebene, indem man nur die Kreide abwischte. Natürlich hätte ich auch eine Schultafel aufhängen können, aber mit manchen Dingen blieb ich gern im Verborgenen. Nicht, dass ich jemals freiwillig jemanden in mein Schlafzimmer gelassen hätte – aber man wusste ja nie! So konnte ich dann im Notfall schnell alle Notizen wegschrubbeln und zack, war nicht mal mehr die Tafel da. Das satte Dunkelgrün der Zauberfarbe habe ich fachmännisch mit anderen farblichen Akzenten auf der weißen Wand kombiniert. So integrierte sich meine geheime Tafel ganz hervorragend in graue und andere dunkelgrüne Kästchenflächen an der Wand. Nur ich allein wusste, welches Feld ich zum Schreiben benutzen konnte.

Jedenfalls brauchte ich diese Tafel für meine Skala der Schrecklichkeiten. Ich habe eine Art Punktesystem entwickelt, um täglich kurz und knapp notieren zu können, was mich von Montag bis Sonntag erwartete. Ich benötigte die Zahlen von eins bis zehn. Für heute trug ich zum Beispiel die Notiz 1230JJS3 ein. Das bedeutete dann: Um zwölf Uhr dreißig mit Johanna Johannson in den Seestern zum Mittagessen. Schrecklichkeitsskala Nummer drei. Die Drei war ganz angenehm. Die Eins war mir aber am allerliebsten. Sie bedeutete, dass ich mich entspannen konnte. Ich brauchte mich dann nicht anstrengen, um mich richtig zu verhalten. Jetzt hier auf meinem Bett, da hatte ich eine Eins. Ich stufte die Wahrscheinlichkeit, dass mir hier etwas Schreckliches passieren konnte, so niedrig ein, dass mir die Eins angemessen erschien. Obwohl sich die Treffen mit Johanna wöchentlich wiederholten, gab es doch einige Eventualitäten, die mich veranlassten, diese Treffen mit einer Drei zu bewerten. Allein schon, damit ich nicht nachlässig wurde, mich gut vor Unvorhersehbarem zu schützen. Aber mit einer Drei war ich wirklich zufrieden. Es gab bei Weitem schlimmere Ereignisse. Stufe zehn auf meiner Skala ließ mir das Blut in den Adern gefrieren. Der blanke Horror, wenn ich auf meine Tafel eine Neun oder gar eine Zehn eintragen musste. Aber es kam vor. Das Leben zwang mich manchmal bis an den Abgrund. In solchen Momenten konnte ich mir eine Wohlfühl-Eins wünschen, wie ich wollte. Dann war nichts zu machen. Da war sogar die sichere Gedankenzeit auf dem Bett mindestens schon eine Fünf. Denn meine Befürchtungen kreisen dann durch mein Gehirn, obwohl die Zeit für die Zehn noch gar nicht gekommen war. Sie vermiesten mir meine Eins schon Tage vorher. Aber heute gab es zum Glück eine relativ freundliche Drei.

Ich starrte also wieder gegen die Zimmerdecke und begann, mich seelisch auf mein Treffen mit Johanna vorzubereiten. Sicher war sicher.

So lauschte ich der Stimme, die in meinem Gehirn munter drauflos plapperte. Einen Punkt nach dem anderen arbeitete ich von meiner Checkliste ab. Ich überlegte, was ich gleich anziehen würde und entschloss mich spontan für die weiße Bluse mit Stehkragen. In mir tauchte eine zweite Stimme auf, die ich einfach ignorierte. Wer wollte schon hören:

»Wie immer, die hast du jeden Sonntag an.«

Lächerlich! Bestimmt trug ich letzten Sonntag etwas anderes. Ich empfahl mir einen knielangen Wickelrock und Stiefel, die den Rock am Knie begrüßten.

Nächster Punkt: Handtasche, Geldbeutel, Kaugummi, Schlüsselbund, Taschentücher und einen Regenschirm. Das war einfach. Die Liste mit den praktischen Dingen verlief meistens reibungslos. Schwieriger war es mit der Vorbereitung auf das anstehende Verhalten.

Okay: Ich erfreute mich heute guter Laune und war entspannt. Schließlich war Sonntag. Ich freute mich auf meine Freundin und hatte Interesse an ihr. Also wollte ich auch mit neugierigem Gesichtsausdruck fragen, was sie in der letzten Woche erlebt hatte. Wahrscheinlich würde sie eine Menge aufregende Dinge, spannende Erlebnisse und ulkige Begebenheiten erzählen.

Ich tippte nervös mit den Fingern auf die Tagesdecke meines Bettes. Ich spürte, wie mir bei dieser Vorstellung ein wenig flau im Magen wurde. Na gut, vielleicht war es ein bisschen mehr als ein wenig. Es half nichts. Ich musste das von Neid zerfressene Monster aus meinem Bauch in einen Jutesack einfangen und in den Schlafzimmerschrank sperren. Das tat ich dann auch. Ich schnürte den Sack oben fest zu und machte ihn so ausbruchsicher. Das tobende Neidmonster zappelte in seinem Gefängnis. Aber ich kannte mich gut damit aus. Ein gekonnter Griff zur Schranktür, nicht lange fackeln, Sack rein, Ruhe. Wunderbar, für gute Stimmung war nun gesorgt. Aber was war, wenn Johanna mich kritisierte?

Manchmal deutete sie an, dass ich zu organisiert, zu verkrampft und unspontan wäre. Des Öfteren brachte sie mich in die unausstehliche Situation, mich nicht als aufgeschlossen, locker und unsagbar liebenswürdig zu empfinden. Und das, obwohl ich Stunden vorher damit beschäftigt gewesen war, die kleinste in Frage kommende Situation durchzuspielen, um angemessen reagieren zu können. Ich überlegte ernsthaft, diese Freundschaft zu beenden, nachdem ich sie gründlich auf Fehlerhaftigkeit überprüft hatte. Ich kam zu dem Ergebnis, dass es in der Tat sinnvoll wäre, sich von so jemandem zu lösen. Es überwog eindeutig die negative Seite, obwohl sie nur aus dem einen Punkt bestand. Aber über die vielen positiven Aspekte musste ich, so leid es mir tat, hinwegsehen. Denn der Gedanke an unausstehliche Gefühle, die sie auslösen könnte, war für mich unerträglich. Ich beschloss für mich, dass es heute das letzte Essen mit Johanna sein sollte. Ich blickte zur Uhr. Ein Stechen durchfuhr meine Glieder. Nur noch drei Minuten, dann war es soweit. Zurechtmachen und Freundschaft kündigen. Schriftlich? Rosa, sei nicht albern!

Krampfhaft lenkte ich all meine Aufmerksamkeit auf

mein Daliegen. Ich bemühte mich um höchsten Genuss der Gnadenfrist. An nichts wollte ich denken, nichts fühlen, nicht das kleinste Streichholzschächtelchen öffnen. Ich atmete tief ein und aus. Ganz intensiv, wieder und wieder. Eine Stimme in meinem Kopf begann rhythmisch zu zählen. 1-2-3-4 beim Einatmen, 1-2-3-4 beim Ausatmen. Es gab keinen Platz für Variationen.

Wenn jemand auf dieser Erde eine innere Uhr besaß, war ich es. Wie von Geisterhand schwang ich genau in der richtigen Minute meinen Körper vom Bett. Die 12.00 auf der Anzeige des Weckers ließ keine Kompromisse zu. Zackig begab ich mich mit meinen frischen Kleidern unter dem Arm ins Bad vor den Spiegel. Zügig erledigte ich eins nach dem anderen. Ich war wirklich gut im Befolgen meines Ablaufplans. Johanna nannte es einmal „mechanisch". Tse, das kam gleich auf die Negativ-Liste!

Geschickt, ja geschickt, nicht mechanisch, lockerte ich meine Haare auf und puderte hier und da ein bisschen über die Wangen. Ich fuhr in meine frischen Sachen und parfümierte mich dezent. Meine Stiefel wollte ich erst an der Tür anziehen. Auf der Gummi-Fußmatte, damit sie nicht meinen Boden beschädigten. Auch feinste Sandkörner konnten Fliesen zerkratzen. Meine komplette Wohnung war gefliest. In einem wunderschönen, ganz hellem Creme-Beige-Ton. Darauf hatte ich geachtet, als ich eingezogen war. Keinen Teppichboden! Eine zarte Ganzkörpergänsehaut ummantelte mich bei dem Wort Teppichboden. Ich wiederholte es in Gedanken: „Teppich-bo-den". Ich fröstelte. Wie sollte man jemals einen Teppich so reinigen, dass er auch wirklich sauber war? Niemals würde ich so ein Scheusal in meiner Wohnung dulden. Was sich da alles einnisten konnte. Wenn ich Tiere wollte, ging ich in den Zoo!

Okay, nun war ich soweit. Ein Blick zur Uhr. Noch vier Minuten. Zum Glück war Johanna immer pünktlich, aber das riss sie jetzt auch nicht mehr raus. Gut Rosa, dann mal los. Handtasche hatte ich, nun noch Jacke und Halstuch. Das ging schnell. Um es mir zu vereinfachen, hatte ich je ein Halstuch für jeden Wochentag. Farblich war das kein Problem, sie waren alle irgendwie in grau gehalten. Nur noch auf der Matte in die Stiefel schlüpfen, dann war ich abfahrbereit. Es klingelte. Ich erschreckte mich fürchterlich und fuhr zusammen.

»Lächeln, lächeln!«, befahl ich mir leise und öffnete für Johanna die Haustür. Ich strahlte sie an.

Johanna begrüßte mich mit »Hey, Püppi« und umarmte mich.

Ich hasste diesen Spitznamen. Püppi. Das hörte sich so gekünstelt an. Das passte doch gar nicht zu mir. Wie so ein Modepüppchen, oder was meinte Johanna damit? Ich wollte sie immer danach fragen, aber jetzt lohnte es sich nicht mehr. Bald war Püppi sowieso Geschichte. Heute hieß es bye bye Johanna.

Wir fuhren mit meinem Auto das Stück bis zum Seestern. Das war mir immer lieber. Wenn ich bei Johanna mitfuhr, konnte ich nicht plötzlich nach Hause, falls mich der Fluchtreflex packte. Gute fünf Minuten, dann waren wir da. Zielstrebig ging ich voraus, die paar Stufen rauf in das gediegene Fisch-Restaurant. Ich wusste, wo ich hinmusste. Gleich nachdem wir das erste Mal hier zu Mittag gegessen hatten, habe ich im Seestern angerufen und den Tisch vorsorglich für jeden Sonntag um zwölf Uhr fünfundvierzig reserviert. Somit saßen wir immer in derselben kleinen Nische am Fenster. Von da aus hatte man das ganze Lokal im Blick, wurde aber nicht von den anderen Gästen direkt angestarrt. Wir nahmen Platz. Ich fühlte mich gut. Ich wusste, dass ich gleich Seezunge, Reis und ein Wasser bestellen würde. Der Blick in die Speisekarte war also nur pro forma. Machte sich irgendwie netter. Johanna suchte sich ein Gericht aus der Karte aus. Sie fragte mich, während auch ich demonstrativ die Speisen studierte:

»Na Püppi, willst du heute mal Seezunge probieren?«

Sie lachte mich breit an und zwinkerte mir zu. Ich dachte im Stillen, dass ihr das Grinsen schon noch vergehen würde, wenn ich sie erst mal abgesägt hätte. So eine Frechheit, als würde ich hier immer das gleiche essen! Später, zu Hause, wollte ich überlegen, wann ich mal etwas anderes hatte. Dann würde ich den Beweis in Händen halten, dass ihre Anspielung gänzlich überflüssig und unpassend war. Unter Freundschaft verstand ich was anderes. Blöde Kuh.

Oh, die Bedienung! Aufgepasst! Sie begrüßte uns und nahm dann Johannas Bestellung auf. Sie wählte eine Weißwein-Schorle, einen Meerrettich-Salat und die gemischte Meeresfrüchte-Platte. Dann wandte sich die Bedienung mir zu und fragte recht steif:

»Was darf es denn für Sie sein?«

Ich reckte meinen Rücken ein wenig, um gerader auf dem Stuhl zu sitzen, und bestellte mit erhabenem Gesichtsausdruck:

»Hm… ich glaube, hm… ach, heute versuche ich mal die Seezunge. Dazu ein Wasser bitte.«

Gönnerhaft sah ich zu Johanna hinüber. Sollte sie mal drüber nachdenken, ob ich nicht doch schon mal etwas anderes gewählt hatte.

Warum warfen sich die beiden so komische Blicke zu? Ich wurde wirklich immer mehr darin bestätigt, mich von Johanna zu trennen. Verbündete sie sich etwa mit

14

dieser Bedienung? Die konnte ich sowieso nicht leiden. Wir sind vor ein paar Wochen gehörig aneinandergeraten. Sie hat doch allen Ernstes die Frechheit besessen, einfach für mich Seezunge und ein Wasser auf ihren blöden Zettel zu schreiben. Bei Johanna hat sie die Bestellung abgewartet, aber mich hat sie gar nicht erst gefragt! Ungeheuerlich…

Zum Glück zog die Tante jetzt wieder ab. Johanna wandte sich mir zu und griff nach meiner Hand.

»Ich muss dir unbedingt erzählen, was mir letzten Dienstag passiert ist.«

Okay, Gnadenfrist. Sollte sie mir ruhig noch berichten, was sie mal wieder Tolles erlebt hatte. Ich konnte ihr auch noch später eröffnen, dass es sich „ausgejohannat" hatte. Gerade wollte sie loslegen, als uns eine kraftvolle Männerstimme unterbrach.

»Johanna? Das gibt's doch gar nicht!«

Ein großer, dynamischer Typ steuerte geradewegs auf uns zu. Ich hatte ihn gar nicht kommen sehen. Mir wurde schlecht. Musste der ausgerechnet jetzt hier auftauchen?

Neugierig sah sich Johanna um, wer sie denn da ansprach.

»Hey«, rief sie, »Raffael!«

Oh nein, sie klang auch noch begeistert! Das Unheil nahm seinen Lauf. Johanna bat Raffael, sich zu uns zu setzen und jubelte förmlich, ihm zu begegnen. Sie stellte uns gegenseitig vor und schwärmte ungehemmt von diesem Raffael. Dass sie sich schon ewig kannten, lange nichts von einander gehört hatten und vor Jahren mal zusammen einen Rucksackurlaub in Australien unternommen hatten. Jubel, jubel, jubel…

Ich hasste ihn von der ersten Sekunde an. Es bedurfte

nicht viel Menschenkenntnis, um zu erkennen, dass dieser Raffael einer Spezies angehörte, die ich grundsätzlich mied. Er gehörte zur Art der Improvisationstalente: Spontan, witzig, aufgeschlossen, locker. Keine Frage, so war ich auch! Aber eher für mich allein und nicht so plump und ungeniert vor anderen. Das gefiel mir ganz und gar nicht.

Spontaneität war für mich das Schrecklichste, was jemals auf diesem Planeten erfunden wurde. Sie sprengte meine Skala der Schrecklichkeiten mit einer 1000! Was wollte dieser Kerl hier? Konnte er uns nicht einfach in Ruhe lassen? Ich verfluchte mich dafür, Johanna nicht schon an der Haustür den Laufpass gegeben zu haben. So unauffällig wie möglich musterte ich diesen widerlichen „Einmischer". Kräftig und gesund sah er aus. Seine frische Gesichtsfarbe untermalte das noch. Aber sein helles Shirt war leider ein wenig zu klein. Die Knopfleiste am Ausschnitt ging gar nicht zu. Sie spannte über der Brust. Seine dunkelbraunen kräftigen Haare wippten in üppigen Strähnen immer hin und her, wenn er sich bewegte. Tse… Stillsitzen war eine Tugend, die er wahrlich nicht beherrschte. Zum Frisör konnte der auch mal wieder. Und seine Augen? Blau. Ha! Oh mein Gott! Unsere Blicke trafen sich. Gleich muss ich mich übergeben, dachte ich. Ich fühlte, wie meine Wangen immer stärker durchblutet wurden und zu leuchten begannen. Ich musste sofort hier weg! Aber wie? Mein Gehirn war nicht mehr in der Lage, meinen Beinen die Information mitzuteilen, wie „gehen" funktionierte.

Es klapperte. Die Bedienung brachte unsere Getränke. Zum Glück konnte ich jetzt auf mein Wasserglas starren. Es rauschte in meinem Kopf, als ich mit anhören musste, wie Raffael ein Bier bestellte. Den wurden wir nie wieder los! Johanna und dieser Eindringling unterhielten sich angeregt. Für meinen Geschmack ein wenig zu laut. Wir hatten ja nicht das ganze Lokal reserviert. Schonungslos jagte der Horror durch mein Gehirn, dass Raffael mich gleich ansprechen würde. Meine Befürchtungen arbeiteten auf Hochtouren. Folglich sollte ich mich auch noch in dieses fragwürdig laute Gespräch einklinken? Unpassender ging es wirklich nicht! Johanna hatte ich eigentlich etwas ganz anderes zu erzählen, schließlich wollte ich sie loswerden. Und Mister Spontan hatte ich absolut nichts zu sagen. Wenn man mal außer Acht ließ, dass er verschwinden sollte. Wie er schon dasaß! So lässig, als würde ihm die Welt gehören. Der glaubte allen Ernstes, dass er einfach so in mein Leben platzen konnte. Ungehobelt, wirklich ungehobelt dieser Raffael!

»Schön, dich kennenzulernen, Rosa«, hörte ich plötzlich.

Alarm! Ich wünschte mir ein Kreuz und Knoblauch herbei. Aber nichts passierte. Ich schnappte nach Luft.

»Ja, auch schön«, stammelte ich.

Mein Wortschatz schrumpfte in Sekunden auf Überlebens-Notration. Bevor ich überhaupt meinen Lächelbefehl abrufen konnte, breitete sich ein übertriebenes, fratzenhaftes Grinsen von ganz allein über meinem Gesicht aus und blieb dort hängen. Meine Körpertemperatur drohte, den Siedepunkt zu erreichen. Es half nichts, ich musste sofort hier weg!

Ich zwang mich, meinen Blick von Katastrophenherd Raffael zu lösen. Dann schlug ich mir mit der flachen Hand vor die Stirn und riss meinen Mund auf. Ich rollte mit den Augen und wandte mich hektisch Johanna zu:

»Stimmt ja, ich muss doch heute meiner Mutter helfen!«

Irritiert zog Johanna die Augenbrauen zusammen. Schnell stand ich auf. Ich griff meine Handtasche und quetschte mich ein wenig ungeschickt, aber dafür rasend schnell, an Johannas Stuhl vorbei.

»Das hatte ich ganz vergessen, Entschuldigung«, erklärte ich mich.

Ich donnerte mit meinem Oberschenkel gegen Johannas Stuhllehne. Ein stechender Schmerz durchfuhr meinen kochenden Körper. Aber darauf konnte ich jetzt keine Rücksicht nehmen.

Geschafft! Ich war hinter dem Tisch heraus. Ich schaltete meinen Bewegungsapparat auf Turbo und setzte an, in großen Schritten den Raum zu verlassen. Mir schoss in den Kopf, dass ich ja noch meine Bestellung bezahlen musste. So drehte ich mich noch einmal zu Johanna um, während ich schon Vollgas gab. Dann krachte es! Ich spürte einen dumpfen Aufprall. Es klirrte und klapperte, und ich sank zu Boden. Mein Kinn schlug als Erstes auf dem eigentlich von mir als urgemütlich eingestuften Holzdielenboden auf. Aua! Dann polterte es in meinem Gehirn. Noch mal aua! Ein Silbertablett traf mich auf den Kopf, bevor es laut scheppernd auf den Dielenboden fiel. Ich realisierte, dass ich direkt in die Kellnerin gelaufen sein musste, die unser Essen bringen wollte. Dies rekonstruierte ich auch anhand der Muscheln, der Seezunge und den Salatblättern, die sich auf meinem ganzen Körper verteilten. Ich versuchte, mich aufzurappeln.

Ausgerechnet Störenfried Raffael hockte sich umgehend zu mir nach unten auf den Boden und beugte sich ganz dicht vor mich. Er legte seine Hand ganz behutsam an meine Wange und sah mich fürchterlich besorgt an.

»Alles okay bei dir?«

Okaaaayyy?!, schrie ich innerlich. Nichts war okay! Ich

wollte sterben. Gleich hier. Ganz unspektakulär. Einfach Lichter aus und ab ins Jenseits.

»Geht schon«, stieß ich gequält hervor.

Nach gefühlten Stunden der Seelenfolter kam ich endlich wieder auf die Beine. Nachdem Johanna erkannt hatte, dass es mir gut ging, konnte sie sich nicht mehr zurückhalten. Sie krümmte sich vor Lachen. Auch die anscheinend unverletzte Bedienung stimmte mit ein. Es schien ihr gar nichts auszumachen, dass die mühsam in der Küche zubereiteten Speisen mehr oder minder vollständig an mir dran hingen und nicht mehr genießbar waren. Raffael griff an meinen Arm und zupfte sich eine Garnele von meinem Blusenärmel.

»Darf ich?«

Jetzt lachte die gesamte „Bevölkerung" des Restaurants. Na großartig! Ich sah an mir herunter. Ganz ehrlich, witzig war das nun wirklich nicht. Ich sah aus, als hätte ich in einer Mülltonne gebadet. Und überhaupt. Es war nicht nett, jemanden auszulachen, dem das Leben so übel mitgespielt hatte. Ohne ein weiteres Wort zu verlieren, verließ ich mit schnellen Schritten und gesenktem Kopf den Seestern. Ich nahm mir vor, die Dauer-Tischreservierung telefonisch aufzuheben. Ich war schrecklich wütend. Raffael war der Verursacher dieser Katastrophe. Dieser Mistkerl! Ich wusste schon, warum ich ihn von Anfang an hasste!

Immer noch bunt dekoriert rannte ich zu meinem Auto. Dabei verlor ich zum Glück schon etliche Reiskörner. Ich fuhr heim und bewegte mich dabei so wenig wie möglich, um meinen Fahrersitz vor der Sauerei zu verschonen. Ich war unsagbar froh, als ich endlich die Haustür aufsperren konnte und Unterschlupf in meiner sicheren „Höhle" fand. Sorgsam zog ich meine Stiefel auf der Matte aus und ging ganz vorsichtig ins Badezimmer. Ich schaffte es, ohne auch nur ein einziges Lebensmittel-Stückchen auf den Boden fallen zu lassen, den Läufer vor der Dusche zu erreichen. Endlich zog ich meine essen-verschmierten Kleider aus, warf sie in die Wäsche und stellte mich in die Duschkabine. Ich ließ das heiße Wasser ewig über meinen Körper laufen. Während ich eine Krabbe aus meinen Haaren pulte, ärgerte ich mich, dass ich hier unter der Dusche stand. Ich hatte mich ja heute Morgen schon zurechtgemacht. Und nun musste ich nur wegen dieses blöden Vorfalls erneut duschen. Ich mochte es nicht, wenn mein Säuberungsrhythmus durcheinandergeriet. Denn morgen früh vor der Arbeit wollte ich schon wieder duschen, um gut gestylt und akkurat im Betrieb zu erscheinen. Genauso wenig, wie ich das Duschen einen Tag ausfallen lassen würde, wollte ich einen Extra-Waschgang einlegen. Es war zum Heulen.

Obwohl es erst fünfzehn Uhr war, entschied ich mich, schon meinen weichen Schlafanzug anzuziehen. Weil er so schön flauschig war, fühlte ich mich behütet und getröstet. Und er war kariert, das liebte ich. Ich verkrümelte mich in mein Schlafzimmer und machte mich ganz in Ruhe daran, meine Kartons im Schrank zu sortieren. Es gab eine Menge aufzuräumen. Das Gefühls-Chaos am Mittag bedurfte dringend einer Großreinemach-Aktion. Die Befürchtungen wanderten zurück in ihren Schuhkarton. Dann fing ich erneut ein Wutmonster ein und sperrte auch die Peinlichkeit, die Enttäuschung und den Schmerz von meinem blauen Fleck am Bein sorgsam in den Schrank. Ich befühlte mit den Fingern vorsichtig mein Kinn. Das tat auch weh.

Plötzlich klingelte das Telefon. Ich stand vom Boden auf und trottete in den Flur. Ich nahm den Hörer ab:

20

»Kuchenbäcker«, sagte ich unmotiviert. Am anderen Ende hörte ich Johanna zwitschern:

»Hey, Püppi. Wie geht es dir? Hast du dich von dem Schreck erholt?«

Was sollte das denn? Warum musste sie mich erst wieder an die Blamage erinnern? Mit kräftigem Tonfall entgegnete ich:

»So schlimm war es nun wirklich nicht! Die Bedienung hat wohl keine Augen im Kopf. Mir geht es gut. Ach, und nächsten Sonntag kann ich nicht. Da habe ich schon etwas anderes vor.«

Ich sah in den Spiegel über der Flurkommode. Oh nein, unter meinem Kinn leuchtete es lila-bläulich. Johanna fragte mich, ob sie zu mir kommen sollte. Natürlich nicht! Deshalb antwortete ich:

»Das ist sehr nett von dir, aber ich muss noch sehr viel aufräumen. Es passt mir heute schlecht. Tschüss, Johanna.« Ich legte den Hörer auf.

Dann rief ich noch schnell im Seestern an und erklärte, dass ich aufgrund des fremden Lippenstiftes an meinem Glas nie mehr wiederkommen würde. Danach ging ich sofort zurück ins Schlafzimmer und steckte den Schmerz meines Kinns in einen Schuhkarton.

Langsam fühlte ich mich besser. Ich hatte alle schrecklichen Gefühle in ihre Behälter verstaut und konnte endlich wieder frei durchatmen. Ich entschied mich, gründlich meine Wohnung zu putzen. Ich schrubbte und scheuerte bis in den späten Abend. Um zweiundzwanzig Uhr ging ich dann ins Bett und wollte über diesen Sonntag nicht ein einziges Wort mehr in meinem Kopf hören. Ich zählte mich in den Schlaf, so hatte ich meine Ruhe.

VIELE BUNTE FARBEN

Fünf Uhr dreißig, mein Wecker klingelte. Ich war sofort hellwach und spulte der Reihe nach die To-do-Elemente für den Morgen ab. Duschen, anziehen, Kaffee kochen, frühstücken, Pausenbrote schmieren, Arbeitstasche mit Brotdose und Thermoskanne bestücken. Herrlich! Endlich wieder Montag. Ich fühlte mich sicher. Es gab nichts Schöneres, als einen ganz geregelten Arbeitstag vor sich zu haben. Ich wusste genau, was mich erwartete. Leider gab es heute einen Wermutstropfen. Mir standen sage und schreibe zwei Wochen Urlaub bevor! Eigentlich schon ab heute. Aber ich konnte meinen Chef überreden, mich den Montag noch arbeiten zu lassen. Ich hatte schon tausend Mal gefragt, ob ich mir nicht die freien Tage auszahlen lassen konnte. Aber irgendwie verstand man mich im Büro nicht so richtig. Es hieß nur, dass ich wenigstens diese zwei Wochen frei machen sollte, weil ich doch schon die restlichen mir zustehenden Urlaubstage in Geld umwandeln lassen hatte. Man sorgte sich um meine Belastbarkeit und entschied einfach über meinen Kopf hinweg, dass ich Erholung brauchte. Frechheit!

Was wussten die schon von mir! Gar nichts. Und darauf achtete ich auch peinlichst genau. So sehr ich meine Arbeit liebte, so sehr hasste ich die Pausen. Ich konnte wirklich nicht verstehen, warum sich alle Mitarbeiter immer so in diese unausstehlichen Arbeitsunterbrechungen stürzten. Für mich machte es überhaupt keinen Sinn, sich in den paar Minuten hektisch mit fremden Leuten über Dinge aus meinem Privatleben auszutauschen. Wir

22

erfüllten hier doch alle den Zweck, korrekt und fleißig unsere Arbeit auszuführen. Wenn man Kontakt suchte, konnte man doch abends in eine Bar gehen. Deshalb nahm ich mir im Pausenraum auch immer den hintersten Platz am Fenster. Dort störte mich wenigstens niemand. Denn der große Gemeinschaftstisch stand ziemlich in der Mitte des Raumes. Abgesehen von der Lärmbelästigung der anderen Arbeiter konnte ich so einigermaßen in Ruhe meine Käsestullen verdrücken. Währenddessen warf ich ihnen Blicke zu, die mein Unverständnis über ihr fragwürdiges Verhalten ausdrücken sollten. Geradezu feierlich war es dann immer, wenn das feine Rasseln der Klingel ertönte, das den nächsten Arbeitsabschnitt einläutete. Großartig! Dann war ich immer die Erste. Genau entgegengesetzt zu den anderen hob sich meine Stimmung schlagartig. Übereifrig und total motiviert kam ich dann fast ins Rennen, wenn ich auf dem Weg zurück an meinen Arbeitsplatz war. Mit schwingenden Armen schraubte ich dann die kleinen blauen Deckelchen auf die an mir vorbeifahrenden Shampoo-Flaschen. Ich lächelte dabei immer zufrieden. Das leise Surren und rhythmische Klacken des Fließbandes war Musik in meinen Ohren.

So fuhr ich heute Morgen pünktlich um viertel nach sechs meiner Musik entgegen. Leider verging die Zeit auf der Arbeit noch schneller als sonst. So kam es einem ja häufig vor, wenn man nicht wollte, dass etwas zu Ende ging. Enttäuscht verließ ich eine halbe Stunde später als die anderen meinen Arbeitsplatz. Denn nach Feierabend bot ich immer noch an, durchzufegen und ein wenig Ordnung im Lager zu schaffen. Zum Glück ließ man mir dabei freie Hand. Das war wirklich nett.

Ich betrat meine stille Wohnung. Was sollte ich bloß mit so viel freier Zeit anfangen? Ich musste mir unbedingt Tagespläne auf meiner Skala der Schrecklichkeiten im Schlafzimmer notieren. Bis jetzt war noch nicht ein einziger Eintrag auf meiner grünen Zauberfläche an der Wand zu finden. Es war immer noch Montag. Also noch dreizehn Tage und ein Abend, bis ich endlich wieder arbeiten konnte.

Ich sah auf meine Küchenuhr. Sechzehn Uhr dreißig. Zielstrebig holte ich aus der kleinen Schublade in meiner Eckvitrine einen großen Zettel und einen Schreiber und setzte mich an den Küchentisch. Ich überlegte und überlegte, kaute auf dem Stift herum und überlegte wieder. Ich wollte eine Kladde erstellen, um dann meine Termine und Vorhaben für die nächsten zwei Wochen fein säuberlich auf meine Skala-Tafel im Schlafzimmer zu übertragen. Aber mir fiel nichts ein. Gar nichts. Das konnte doch nicht sein! Irgendetwas musste es doch geben, was ich machen konnte. Mir schwirrte Johanna durch den Kopf. Fehlanzeige. Vorhin hatte ich ihr abgesagt. Und den Sonntag darauf konnte ich auch streichen. Bis dahin wollte ich die Freundschaft längst beendet haben. Oh, da hatte ich etwas! Ich schrieb für übernächsten Samstag: JFkpT10. Also Johanna die Freundschaft kündigen per Telefon, Schrecklichkeitsnummer zehn. Natürlich war es eine Zehn. Eine Tätigkeit der schwierigsten und unangenehmsten Stufe. Aber es musste sein. Gut, weiter. Was konnte ich noch tun in den nächsten zwei Wochen?

Hmm… Okay: Ich ging erst mal ins Schlafzimmer und malte ganz sorgsam mit Kreide die Notiz auf die Wand. Immerhin. Jetzt stand schon mal eine Sache drauf. Ich überlegte weiter. Die Kreide noch in der Hand, schlenderte ich ganz langsam zurück in die Küche. Es kam mir nichts in den Sinn, so sehr ich mich auch anstrengte. Ich gab enttäuscht auf. Ich fühlte mich schon ganz festgefahren in meinen Gedanken. Es herrschte absolute Stille in meinem Oberstübchen. Ich blieb stehen und begann, wie ein Roboter in Mini-Schritten einen Fuß vor den anderen zu schieben. Immer nur so weit, dass ich einen halben Fuß weit vorankam. Dafür aber so zügig, dass mein ganzer Körper wackelte. So ging ich im Tippelschritt jeden Raum ab. Mir war einfach langweilig…

Erst ruckelte ich so von der Küche in den Flur, tapp, tapp, tapp, tapp, tapp. Dann bog ich ab ins Bad, tapp, tapp. Ich beugte meinen Oberkörper schön weit in die Kurve und tapp, tapp, war ich nach einer Drehung wieder auf dem Weg in den Flur. Dann wieder durch den Flur, tapp, tapp, tapp, tapp, tapp, geradeaus ins Wohnzimmer tapp, tapp, tapp. Kehrtwendung, schöner Bogen und wieder in den Flur, tapp, tapp. Dann rechts herum ins Schlafzimmer, tapp, tapp, und dann wieder mit einer scharfen Kurve zurück. Und tapp, tapp, tapp, tapp, tapp, wieder den Flur entlang. Ich stoppte erst an der Haustür. So stand ich nach einer letzten Drehung vorn im Flur mit Blick in die Wohnung.

Ich überlegte, wie oft ich wohl der Länge nach in meinen Flur passte. Ich setzte mich also auf den Boden und streckte meine Füße gegen die Haustür. Dann beugte ich meinen Oberkörper nach hinten und legte mich flach auf den Rücken. Meine Arme reckte ich nun über meinen Kopf und legte sie ganz lang auf dem Boden ab. Jetzt war ich komplett ausgestreckt. Länger ging es wirklich nicht. Das Stück Kreide legte ich genau da auf den Boden, wo meine Fingerspitzen zu Ende waren. So hatte ich einen Anhaltspunkt für meine nächste Etappe. Ich stand auf und legte mich mit den gestreckten Füßen genau dahin, wo die Kreide lag. Ich sammelte sie auf und wiederholte, mich flach auf dem Boden auszustrecken. Noch war ich nicht an der Wand angekommen. Also noch mal Kreide ans Ende der Fingerspitzen. Ich stand wieder auf und besah mir den restlichen Abstand bis zum Flurende. Ein Stück fehlte noch, aber mein ganzer Körper passte nicht mehr ausgestreckt dahin. Ich setzte mich auf den Boden, so, dass meine Beine gerade waren und an die Kreide grenzten. Ich lehnte mich zurück, so weit es ging. Doch ich konnte mich nicht mehr richtig langmachen. Genau am Hals war der Flur zu Ende. Ich bemühte mich, meinen Kopf so weit wie möglich nach vorn zu knicken. Mein leuchtend blaues Kinn stieß gegen mein Dekolleté. Das tat weh. Ich versuchte, den Schmerz zu ignorieren. Ich drückte und quetschte, aber wirklich ausfüllen konnte ich den rechten Winkel zwischen Wand und Boden leider nicht. Ich befühlte mit der Hand den Abstand zwischen Hals und Wand und machte mit der Kreide eine Markierung. Genau dort, wo der Hals am dichtesten an die Wand stieß. Jetzt konnte ich endlich aufstehen. Ich wusste nun, dass ich zweimal ganz und einmal bis zum Hals der Länge nach in meinen Flur passte. Ich stellte mich vor den Spiegel und sah auf die Markierung am Hals. Ich war zufrieden.

Wo ich schon so da herumstand, ging ich ganz nah mit meinem Gesicht an den Spiegel heran. Ich schenkte mir ein extrem übertriebenes Lächeln mit bis zum Äußersten gespannten Lippen und kontrollierte so meine Zähne. Einmal Kopf nach links, einmal Kopf nach rechts. Ja, meine Beißerchen sahen von allen Seiten ordentlich aus. Dann öffnete ich meinen Mund so weit, dass ich Angst vor meinem eigenen Gesicht bekam. Ich konnte das Zipfelchen in meinem Rachen sehen. Alles okay in meinem

Inneren. Ich streckte mir die Zunge heraus und probierte, wie viele verschiedene Formen ich mit ihr kreieren konnte. Ich rollte und verbog solange meine Zunge, bis es weh tat. Dann hörte ich auf damit. Wie gesagt, mir war einfach langweilig.

Und so entstand die Idee in mir, mit der Kreide ein wenig in meinem Gesicht herumzumalen. Ich benutzte sie zuerst als Lippenstift. Schön weiß immer in einer großen Kreisbewegung über den Mund. Ich formte einen Kussmund für mein Spiegelbild. Perfekt! Dann schrubbelte ich mir die Kreide in die Augenbrauen. Das sah fies aus. Aber es gefiel mir. Das machte Spaß. Ich fand, ich konnte noch ein wenig Farbe als Kontrast für die weißen Augenbrauen gebrauchen. Ich holte mir aus meinem Regal im Bad meine Lidschattenpalette und zottelte wieder vor den Flurspiegel. Die Schminke war noch jungfräulich. Irgendwann hatte ich sie mal gekauft, weil Johanna meinte, es würde mir gut stehen, meine Augen kräftiger zu betonen. Aber bis heute konnte ich mich noch nicht durchringen, wirklich so etwas Drastisches an meinem Gesicht zu verändern. Zumindest entzog es sich meiner Vorstellungskraft, so bemalt auf die Straße zu gehen.

Aber jetzt war ich ja in meiner sicheren Höhle, und irgendetwas trieb mich, die Farben auszuprobieren. Ich rieb dieses äußerst fummelige und unhandliche kleine Auftrage-Ding aus der Schminkpalette über einen kräftigen Blauton. Dann bedeckte ich meine kompletten Augenlider mit dem Lidschatten. Hoch bis zu den weißen Augenbrauen. Ja, schön kräftig! Dann rieb ich reichlich Farbe von einem dunkelgrauen Farbkästchen und malte einen dicken Balken unter meinen unteren Wimpernrand. Ich nahm noch ein bisschen Grau nach. So war es gut. Ordentlich breit. Ich trat einen Schritt zurück und begutachtete mein Werk. Nun ja, man konnte auch denken, dass ich mir an beiden Augen ein Veilchen zugezogen hatte. Jedenfalls harmonierten die Farben sehr gut mit meinem blau unterlaufenen Kinn. Es fing nicht nur an, mir Spaß zu machen, nein, ich entwickelte beinahe ein Suchtverhalten. Immer eifriger rieb ich die Farben aus dem Schminkkasten auf das Stiel-Ding und verteilte alle möglichen Farben auf meinem Gesicht. Statt Rouge auf den Wangen entschied ich mich für grelle grüne und rostrote Querstreifen. Sogar meine Nase verzierte ich mit bunten Kringeln und Strichen. Ich malte und malte. Meine geschundene Stelle am Kinn bekam eine rosafarbene Umrandung, dann kam der blaue Fleck noch besser zur Geltung. Auf meine Stirn zeichnete ich drei schwarze chinesische Schriftzeichen, so, wie ich mir vorstellte, dass man sie schreiben würde. Bald hatte ich gar keinen Platz mehr in meinem Gesicht. Meine natürliche Hautfarbe verschwand komplett unter bunten Kunstwerken, die der Kriegsbemalung eines Indianers glichen.

Ich stellte die Schminkpalette beiseite und fummelte aus der Schublade in der Anrichte ein Päckchen mit Haargummis heraus. So kleine bunte, die man auch für feine Kinderhaare benutzte. Ich riss das Tütchen auf und legte mir eine Handvoll Gummis auf die Anrichte. Ich konnte nicht anders. Ich musste sie in vier Reihen zu vier Stück ordentlich anordnen. Dann begann ich, die Reihen abzuarbeiten. Ich nahm immer je ein Gummiband und teilte eine kleine Haarsträhne aus meinem Pony ab. Direkt am Haaransatz fixierte ich das Gummi. So entstand über meiner Stirn eine Reihe von Haarbüscheln, die mich an kleine Palmen erinnerten, oder an kleine Antennen. Das gefiel mir. Ich klemmte immer mehr Haarsträhnen in die Gummis, bis meine Kopfhaut vollständig mit kleinen Schwänzchen aus Haaren besiedelt war. Lustig! Ich betrachtete mich intensiv im Spiegel und wackelte mit dem Kopf. Ich musste an Karneval in Rio denken, als ich plötzlich einen grellen Schrei ausstieß. Es klingelte an der Haustür!

Mein Körper war wie versteinert, und ich starrte auf mein Spiegelbild. Mein Blut schoss mit 200 km/h durch die Adern. Das Jenseits rief schon wieder nach mir. Was sollte ich nur tun? Es klingelte erneut. Und ich hörte draußen jemanden rufen. Oh bitte nicht, dachte ich. Es war Johanna.

»Rosa, mach doch bitte die Tür auf! Ich habe dich eben gehört. Nun mach schon!«

Mein Körper blieb steif. Nur meine panisch aufgerissenen Augen bewegten sich hektisch, während ich einen Ausweg suchte. Verflixt. Es half nichts. Ganz leise schob ich mich zur Tür, nachdem ich meinen Körper dazu überredet hatte. Ich griff in Zeitlupe nach dem Türgriff und öffnete dann ganz sachte die Tür einen winzig kleinen Spalt. Mein Puls schoss über den menschenmöglichen Bereich hinaus. Ich stellte mich dicht hinter die Tür und lugte ganz vorsichtig durch den kleinen Spalt nach draußen. Ich musste mich unbedingt versichern, dass auch wirklich nur Johanna allein vor der Tür stand. Man wusste ja nie! Ich suchte mit meinen Veilchen-Augen das ganze Treppenhaus ab. Okay, die Luft war rein. Ich machte meinen Rücken gerade, hob mein lädiertes Kinn etwas und bat Johanna herein. Ich tat einfach so, als wäre ich gar nicht angemalt. Auch meine Büschel-Frisur ignorierte ich. Ich bemühte mich, so gelassen und belanglos zu wirken, wie es mir möglich war. Während ich Johanna durch den Flur schob, fragte ich:

»Kaffee?« und rang mir ein locker flockiges Lächeln ab.

Johanna setzte sich an meinen Küchentisch und − ich sage mal − „bewunderte" mein schräges Outfit. Bevor sie blöde Fragen stellen konnte, erklärte ich knapp und emotionslos:

»Probe für die Faschings-Party am Samstag.« Ganz lässig schnippte ich mit dem Zeigefinger gegen eine Palme auf meinem Kopf. »Von der Arbeit aus.«

Dann schickte ich ein Stoßgebet in den Himmel, dass Johanna nicht darüber stolpern sollte, dass Fasching im September eher selten war. Und ich erwähnte beim lieben Gott auch noch, dass Johanna denken sollte, dass ich öfter mal was mit meinen Kollegen unternahm.

Uups, es schien zu klappen. Johanna lächelte mich freundlich an und sagte:

»Ach Püppi, meine Süße.«

Sie machte lächelnd eine Pause, die ich nutzte, um mich zu ihr an den Tisch zu setzen. Und dann wünschte ich mir, dass diese Pause ewig gedauert hätte. Denn Johanna beugte sich ein wenig zu mir vor und richtete mir, ohne mit der Wimper zu zucken, aus:

»Du, der Raffael, der lässt dich ganz lieb grüßen.«

Mir schoss Wasser ein. In meinem Mund sammelten sich Unmengen an Flüssigkeit. War mir auf einmal schlecht! Aber Johanna hatte kein Mitleid.

»Rosa, ich habe eine Bitte an dich.«

Ich schluckte kräftig, um Platz in meinem Mund zu schaffen, während ich hören musste:

»Ich will doch so schnell wie möglich aus Mareks Wohnung ausziehen.«

Johanna hielt inne und presste ihre Lippen aufeinander. Dann holte sie tief Luft und sagte:

»Ich habe mich gestern noch lange mit Raffael unterhalten. Er hat mir angeboten, seine Ferienwohnung zu beziehen. Er meinte, ich kann dort solange bleiben, wie ich will. Ich soll mich erst einmal neu orientieren. Und dann werden wir weitersehen.«

Und ich dachte schon, sie hätten sich über mich unterhalten. Genug Gesprächsstoff lieferte ich ja mit meinem „Lebensmittel-Unfall". Ich nickte und schluckte erneut. Es schien sich doch noch zum Guten zu wenden. Es ging nicht um mich. Johanna fuhr fort:

»Kannst du mir vielleicht helfen, meine Sachen in Raffaels Wohnung zu bringen?«

Ich würgte. Ich wollte unter gar keinen Umständen helfen! Dieser Raffael durfte niemals mehr mein Leben kreuzen. Es ging schließlich um meine Ehre. Jede Begegnung würde alles nur noch schlimmer machen. Und außerdem waren Johanna und ich gar nicht mehr befreundet. Sie wusste es nur noch nicht.

Ich erhob mich zügig vom Tisch, tätschelte mit der Hand auf Johannas Rücken herum und erhöhte dann den Druck gegen ihren Körper. Aufstehen sollte sie und abhauen! Dabei sagte ich aufmunternd:

»Ich werde es mir überlegen. Weißt du, eigentlich habe ich keine Zeit. Aber ich werde sehen, was sich machen lässt.«

Johanna stand auf, und wir gingen gemeinsam durch den Flur. Zügig öffnete ich die Haustür und war froh, in wenigen Sekunden von jeglichen Schrecklichkeiten befreit zu sein. Aber ich täuschte mich gründlich in dem Gedanken, dass Johanna einfach so abzischen würde. Beim Gehen nahm sie mich in den Arm und drückte mich.

»Danke«, sagte sie und strahlte mich an. Johanna verließ das Treppenhaus mit einem bunten Lidschattenabdruck auf ihrer Wange. Ich wollte es ihr noch sagen, aber da war sie schon unten durch die Haupteingangstür gehuscht.

Ich musste dringend duschen. Mist, schon wieder außer der Reihe. Aber ich konnte ja wohl schlecht weiter so bunt herumlaufen. Außerdem ziepten die Haargummis auf meinem Kopf. Mühsam entwirrte ich also meine Haare vor dem Badezimmerspiegel und schrubbte mir dann unter dem laufenden Wasser der Brause meine Kriegsbemalung ab. Frisch geföhnt und in meinen karierten Schlafanzug gehüllt wurde ich langsam wieder Rosa. Ich schmierte mir in der Küche zwei Käsebrote, so, wie ich es immer tat. Fein säuberlich alle überstehenden Kanten der Käsescheiben mit dem Messer abgeschnitten und an die darunterliegenden Brotscheiben angeglichen. Ich zottelte mit meinem Teller ins Schlafzimmer und sah zum Wecker. Oh, schon neunzehn Uhr fünfundvierzig. Da fehlten ja nur noch dreizehn Tage bis zur Arbeit. Wie schön. Ich baute mir auf meinem Bett einen Turm aus Kissen und machte es mir gemütlich, indem ich mich gegen den weichen Kissenberg lehnte. Ich überkreuzte meine Beine und mampfte mein Brot.

In Gedanken sortierte ich schon mal, was ich später alles in meine Schuhkartons im Schrank verstauen musste. Heute hatte sich ja einiges angesammelt. Und ich wollte es unbedingt loswerden, um mich wieder gut zu fühlen. Ein einzelner Schuhkarton würde gar nicht ausreichen, um die Peinlichkeit des heutigen Tages zu entsorgen. Also entschied ich mich für einen großen blauen Müllsack. Den Karton mit den Ausreden konnte ich auch wieder auffüllen. Darin war ich ja heute geradezu ein Meister. Ich war ein bisschen stolz auf mich, mit so vielen Ausreden letztlich noch so gut durch mein Dilemma durchgeflutscht zu sein. Ach ja, Enttäuschung musste ich auch noch in den Schrank packen. Ich war wirklich enttäuscht von mir, dass ich es nicht fertigbrachte, Johanna die Freundschaft zu kündigen.

Mein Brot war verspeist, und ich versuchte mir zu verzeihen, dass ich den leeren Teller neben mich aufs Bett stellte. Normalerweise brachte ich ihn sofort raus in die Küche und dort direkt in den Geschirrspüler. Aber jetzt legte ich meinen Kopf zurück in die Kissen und glotzte endlich mal wieder gegen die Decke. Ich ließ meine Gedanken einfach so drauflos quatschen. Mir kam Johanna wieder in den Sinn. Ich glaube, Johanna machte gerade eine schwere Zeit durch. Seit ein paar Wochen erzählte sie mir sonntags im Seestern davon, dass es mit ihrem Freund Marek wohl nicht mehr so gut laufen würde. Angeblich tat er sich immer öfter so komisches Zeug in seine Zigaretten. Ich wusste ja nicht viel über so was. Aber so, wie Johanna es mir erzählte, tat das ihrer Beziehung überhaupt nicht gut. Von Sonntag zu Sonntag wurde sie immer aufgebrachter. Sie sagte, dass es so nicht weitergehen konnte. Und dass sie nicht wusste, wo sie hin sollte. Und dass sie ihn eigentlich noch liebte. Ich machte ihr damals den Vorschlag, sich doch eine eigene Wohnung zu nehmen. Aber Johanna meinte, dass sie das im Moment nicht schaffen würde, weil Marek sie mit seinen Besserungs-Versprechen doch immer wieder rumkriegen würde. Sie sagte, sie brauchte Unterstützung. Allein war sie zu schwach, die Trennung durchzuziehen.

So leid es mir tat, aber da wusste ich dann auch keinen Rat mehr. Aber jetzt schienen sich ihre Probleme ja zu lösen. Raffael wollte sie bei sich wohnen lassen. Dann konnte sie ja einfach lieber mit dem zusammen sein. Vielleicht rauchte der nicht so komische Sachen. Aber wer weiß, was mit dem nicht in Ordnung war. Irgendeinen Haken gab es ja immer. Ich konnte nicht so gut mit Männern. Also mit Frauen auch nicht. Eigentlich mochte ich auch keine Tiere. Aber am schlimmsten fand ich Männer. Die konnte ich so gar nicht mit meinem Leben in Verbindung bringen. Ich liebte es ja ruhig und beschaulich, übersichtlich und geordnet. All das hatten Männer nicht zu bieten. Ganz im Gegenteil! Sie machten sich so breit. Sie forderten Aufmerksamkeit und zappelten immer so viel. Sie wollten dicht an einen rankommen und ließen keinen Platz für Privatsphäre. Wahre Eindringlinge waren das. Nein, ich mochte Männer nicht.

Ich sprang ruckartig vom Bett auf. Der Teller machte mich wahnsinnig! Nun aber schnell in die Spülmaschine damit.

Mir fiel auf, dass ich gar nicht pünktlich um zweiundzwanzig Uhr ins Bett gehen musste, da mir die Arbeit ja für morgen verboten wurde. Darum setzte ich mich noch eine Weile ins Wohnzimmer vor den Fernseher und ließ mich berieseln. Dann ging ich ins Bett. Die Sache mit dem Umzug schob ich erstmal weg und freute mich lieber, dass ich das welke Blatt meiner Zimmerpflanze bei meinem allabendlichen Wohnungs-Check aufgespürt hatte. Das gehörte sich so für mich. Direkt vor dem Zubettgehen ging ich jeden Raum in meiner Wohnung ab. Ich überprüfte, ob auch wirklich alles aufgeräumt war. Wenn ich nach meinen Hobbies gefragt wurde, gab ich dieses Ritual immer an.

Pah! Sieben vor zehn! Wie konnte ich so lange schlafen? Habe ich den Wecker gestern nicht gestellt? Ach ja. Ich verzog mein Gesicht. Urlaub. Ich dachte mir — Rosa, dachte ich mir — mache doch mal was ganz Verrücktes und bleibe einfach noch ein wenig im Bett liegen. Schlaftrunken murmelte ich mich zurück in die Kissen.

Raffael... Raffael... Die Stimme in meinem Kopf ließ plötzlich ganz leise den Namen erklingen. Mir wurde komisch, aber nicht übel. Es war, als würde ich Raffaels Hand auf meiner Wange spüren. So wie im Seestern. Ich war irritiert und konnte nicht verstehen, warum sich diese Albtraum-Situation jetzt im Nachhinein irgendwie gut anfühlte. Da für mich aber nur Dinge zählten, die ich einordnen konnte, stand ich doch zügig auf und drückte der fragwürdigen Hand auf meiner Wange den Stempel „Schwachsinn" auf.

Während ich in meiner Küche frühstückte, kroch in mir die bevorstehende Langeweile hoch. Mir wurde nur zu deutlich bewusst, dass ich in den kommenden dreizehn Tagen in meiner stillen Höhle gefangen war. So sehr ich meine mich behütende Wohnung schätzte, barg sie doch auch die Gefahr des Wahnsinns in sich. Da ich mich selbst vor einem erneuten Verkleidungsanfall schützen wollte, fasste ich einen Entschluss. Ich wollte Johanna beim Umzug helfen. Todesmutig ging ich ins Schlafzimmer und malte mit der Kreide für heute JUR10★ auf, also Johanna beim Umzug zu Raffael helfen, Schrecklichkeitsstufe zehn mit Sternchen. Eine 100 hätte es besser getroffen, aber die gab es auf meiner Skala nicht.

Okay, ich war bereit! Ich wollte statt in Langeweile lieber in Selbstzerstörung ertrinken. Ich rief Johanna an und vereinbarte mit ihr, dass ich um elf Uhr dreißig bei ihr sein würde. So hatte ich noch genügend Zeit für meine Dusch-Arie. Erst warf ich mich richtig in Schale und dann in mein Auto. Ich klingelte pünktlich an der Tür mit dem Schild „Marek Viereck/Johanna Johannson". Da sollte einer die Welt verstehen, dass die beiden nicht zusammenpassten.

Johanna öffnete mir die Tür und bat mich herein, während sie mich überschwänglich auf beide Wangen knutschte. Wir gingen durch ins Wohnzimmer und Johanna zeigte auf einen Berg Kartons, Tüten, Körbe und Blumentöpfe.

»Ich habe schon alles zusammengestellt. Wenn wir mit zwei Autos fahren, müsste es passen.«

Mir stieg ein süßlicher Geruch in die Nase. Später wollte ich Johanna nach ihrem Raumparfüm fragen. Ich konnte mir vorstellen, auch ein wenig frischen Wind in meine Höhle zu bringen. Mein Blick stoppte am Sofa. Dort „hing" Marek. Er war wirklich weit von der Couch heruntergerutscht. Wie konnte man so sitzen, das war doch nicht bequem. Ich glaube, nur sein Gürtel verhinderte, dass er über die Kante der Sitzfläche flutschte. Er drückte seinen Oberkörper in die Lehne und hielt seinen Kopf ganz schief auf die Schulter. Seine Augen waren auf, trotzdem sah es aus, als ob er schlief. Warum ging er nicht ins Bett, wenn er müde war?

»Hallo Marek«, sagte ich freundlich. Aber er zuckte nur einmal mit der Hand. Nicht gerade höflich. Den hätte ich auch nicht mehr haben wollen.

Somit war klar, dass Marek uns nicht helfen würde, Johannas Leben in unsere Autos zu verstauen. Es war ganz schön anstrengend, das Umzugsgepäck zu schleppen. Zum Glück war Mareks Wohnung im Erdgeschoss. Bei mir zu Hause wäre es schon ein wenig aufwendiger, bei vier Stockwerken ohne Fahrstuhl. Aber ich wollte sowieso niemals aus meiner Höhle ausziehen. Mir gefiel es dort gut. Die Aufteilung war wunderbar symmetrisch und leicht zu reinigen. Für mich geradezu perfekt. Nach einer Stunde hatten wir es geschafft. Wir waren abfahrbereit. Nachdem Johanna mich schon wieder zwanzig Mal abgeknutscht hatte, sagte sie:

»Na, dann mal los. Fahr mir einfach hinterher. So weit ist es nicht. Ungefähr zwanzig Minuten.«

Das gefiel mir gar nicht. Ich mochte es nicht, wenn ich den Weg nicht kannte. Es ging so schnell, dass man sich mal an einer Ampel verlor, weil der hintere Wagen Rot bekam. Außerdem hielt ich mich immer sehr akkurat an die Geschwindigkeitsbegrenzungen. Wenn Johanna da nicht aufpasste, hängte sie mich an einer Kreuzung oder einer nicht einsichtigen Strecke einfach ab. Deshalb wies ich sie noch einmal deutlich darauf hin, dass sie ständig auf mich achten sollte. Johanna zeigte mir eine Faust mit Daumen nach oben.

»Wir schaffen es schon zusammen ins nächste Dorf, Püppi. Ganz bestimmt!«

Na gut. Ich vertraute mich ihr an. Auf der Fahrt schlug mein Gehirn Purzelbäume. Zweifel und Befürchtungen redeten unermüdlich auf mich ein. Wenn die doch bloß endlich die Klappe halten würden. Ich wusste selbst, dass es ein riesiger Fehler war, mich auf diesen Mist hier einzulassen. Ich versuchte, mich zu beruhigen. Ich wollte nur schnell die Kartons mit ausladen. Das konnte ja nicht so lange dauern. Schließlich war Raffael ja zum Helfen da. Und dann wollte ich sofort wieder nach Hause fahren. Bis jetzt hatte ich mir extra den Weg gut gemerkt. Ich wünschte mir meine sichere Langeweile zurück. Die war doch eindeutig besser als das, was jetzt vor mir lag. Ich malte mir aus, was mir alles Schreckliches passieren konnte. Ich könnte mit einem riesigen Karton auf dem Arm stolpern, das wäre peinlich. Oder Raffael würde mich auf meine Bruchlandung im Seestern ansprechen. Das wäre noch schlimmer. Wenn der Kerl überhaupt mit mir redete, wollte ich schon sterben. Mich packte der Fluchtreflex. Ich war kurz davor, Johanna mit der Lichthupe anzublenden und irgendetwas zu erfinden, dass ich doch nicht mitkommen konnte. Dummerweise bog sie gerade in diesem Moment links ab auf ein Privatgrundstück. Verflixt, wir waren da!

Ich bemühte mich, exakt parallel neben Johannas Wagen zu parken. Aber ich war noch nicht in der Lage auszusteigen. Ich duckte mich ein wenig und erforschte mit den Augen die Umgebung. Erst besah ich mir die weitläufige Auffahrt, die mit weißen Kieselsteinen bedeckt war. Ein Stückchen weiter stand ein Pick-up. Er war schwarz und hatte eine silberne Ladefläche. Ein Riesending mit noch riesigeren Reifen. Der gehörte ja wohl Raffael. Ich wurde wütend. Warum quetschten wir Johannas Sachen in unsere Autos, wenn er das perfekte Gefährt für einen Umzug besaß?! Ich bemitleidete mich gerade zutiefst, als Johanna an meine Scheibe klopfte.

»Komm, lass uns reingehen.«

Ich atmete tief durch und musste mir selbst zusehen, wie ich tatsächlich ausstieg. Dabei schwor ich mir, nie, und wirklich nie wieder etwas Unabsehbares zu tun!

Die feinen Kiesel knirschten unter unseren Schuhen. Zum Glück trug ich meine weißen Turnschuhe. Mit

Pumps wäre ich hier schon vor der Begegnung mit Raffael in die erste Katastrophe gestöckelt. Johanna zog mich am Arm voran. Ging ich wirklich so langsam? Ich hastete hinter Johanna her und fragte sie, warum wir nicht gleich ein paar Kartons mitnehmen konnten.

»Nun lass uns doch erst mal guten Tag sagen«, war die fiese Antwort.

Wir waren an der wuchtigen Holzhaustür angekommen. Das ganze Gebäude wirkte unheimlich groß. Es machte eher den Eindruck eines Landhotels, anstatt eines normalen Zuhauses. Es bestand aus roten Backsteinen, die von dicken Fachwerkbalken unterbrochen wurden. Und es gab ganz urige Holzfenster, die oben in einer Rundung endeten. Auf den Scheiben hatten sie wie Sonnenstrahlen ausgerichtete, dekorative Verstrebungen. Irgendwie beeindruckend. Das schräge Dach war mit Reet eingedeckt. Mich schauderte es. Dort wimmelte es bestimmt von kleinem Krabbelgetier.

Johanna drückte auf den Klingelknopf. Ich verfolgte mit den Augen ihren Finger und blieb mit meinem Blick an dem Namensschild hängen. „Wolke" las ich still. Ich musste an meinen Chef denken. Der hieß mit Nachnamen auch Wolke.

Oh mein Gott, die Tür ging auf! Ich sah als Erstes die Haare wippen. Dann ein strahlendes Lächeln und gleich passend dazu blaue Augen, die auch strahlten. Mein Blutdruck war kurz vorm Platzen. Raffael!

»Hey, ich freue mich. Schön, dass ihr da seid. Kommt rein!«

Dem schien es überhaupt nichts auszumachen, dass wir keine feste Uhrzeit ausgemacht hatten. Der empfing einfach so Besuch, ohne Stress zu haben. Unfassbar! Wie konnte der so locker sein?

Johanna schob mich energisch durch die Tür, Gegenwehr war zwecklos. Ich versuchte noch mal mein Glück:

»Wollen wir jetzt die Kartons holen?«

Raffael überging meine Frage einfach und erklärte uns, während wir durch einen Flur in eine geräumige Küche gingen:

»Nehmt euch ruhig Kaffee.« Er deutete mit dem Finger auf die Kaffeemaschine auf der hölzernen Arbeitsplatte.

»Ich bin gerade noch mitten im Unterricht. In zwanzig Minuten ist Marlene fertig. Fühlt euch wie zu Hause, und seht euch gern ein wenig um.«

Dann verließ Raffael einfach so die Küche. Dem Geräusch nach ging er im Flur eine Treppe hoch. Weg war er. Tse. So hatte ich mir das nicht vorgestellt. Ich sah Johanna an und fragte erneut:

»Was ist nun mit den Kartons?«

Mir war jetzt schon klar, dass es so einfach nicht werden würde. Johanna sah sich um und dann aus dem Küchenfenster.

»Sieh nur, wie wunderbar es hier ist. Alles so gemütlich und geräumig. Wahnsinn, dass ich hier wohnen darf. Komm mit, lass uns alles anschauen.«

Und schon rannte sie begeistert los. Mir blieb nichts, als ihr hinterherzutapern. Von oben erklangen verhalten Töne.

»Hör mal«, machte ich Johanna aufmerksam.

Sie horchte mit einem Lächeln nach oben und sagte:

»Ja, Raffael hat mir erzählt, dass er Klavierstunden gibt.«

Aha, dachte ich. Das war also diese Marlene.

Von der Küche aus kamen wir in ein Wohnzimmer. Achtung, Stolperfalle! Es ging eine Stufe nach unten. Johanna war ganz verzaubert von der angeblich ach so wohligen Atmosphäre der Räume. Die Holzbalken, die das Obergeschoss auf Händen trugen, begeisterten sie sichtlich. Gemütlichkeit hin oder her, ich mochte es doch lieber etwas gradliniger eingerichtet. Hier machte dieses „Schnörkel-Schnörkel" in allen Ecken für mich eher einen unordentlichen Eindruck. Es lagen Zeitschriftenstapel herum, und auf einem rustikalen Schreibtisch türmte sich Papierkrams. Die Wolldecke auf dem Sofa vor dem Kamin war auch nicht zusammengelegt!

Ich erlaubte mir, das schnell zu erledigen. Da ich schon dabei war, stellte ich noch die Sofakissen schön gerade nebeneinander auf. Schon besser. Johanna war schon durch die weit offenstehende Flügeltür nach draußen auf die Terrasse gegangen. Einen Moment würde sie schon ohne mich auskommen. Die Zeitschriften ließen mir keine Ruhe. Wie konnte man die nur so rumflattern lassen?! Ich schnappte mir nach und nach die zerfledderten Stapel und legte sie auf das niedrige Couchtischchen. Nun begann ich erstmal, neue Häufchen zu bilden, indem ich nach Themen sortierte. Ich legte alles, was mit Musik zu tun hatte, rechts neben mich aufs Sofa. Nach links kam „Bio"-Zeugs und daneben Reiseberichte. Und daneben, huaa…, Hunde-Zeitschriften. Gab es hier etwa einen Hund? Wehe! Ich musste mich schon bei den Abbildungen auf den Umschlägen am Schienbein kratzen. Egal, weiter. Nochmal Musik, die kam hier hin. Ich war ganz vertieft in meine Sortier-Arbeit.

»Kommst du zurecht?«

Ich warf vor Schreck die Zeitschriften aus meiner Hand in die Luft, als ich Raffaels Stimme hörte. Der musste sich angeschlichen haben. Er stand direkt vor mir! Mein feuerrotes Gesicht erhellte den Raum mit der Leuchtkraft eines Baustrahlers, und ich wünschte mir, mit einer akrobatischen Rolle hinters Sofa abzutauchen. Raffael grinste mich breit an. Ich Idiot! Warum konnte ich nicht meine Finger von seiner Unordnung lassen? Ich musste mich irgendwie verteidigen. Schnell. Aber mein Gehirn spuckte nichts aus. Ich stammelte:

»Es… es… es tut mir leid. Entschuldigung.«

Hektisch fing ich an, die Zeitschriften auf dem Tisch mit den Händen zusammenzuschieben. Aber viel besser machte das meine Situation auch nicht. Hilfe!

Raffael streckte seine Hand nach mir aus und sagte erstaunlicherweise immer noch freundlich:

»Das kannst du später immer noch machen. Komm mit, ich zeige dir erstmal den Garten.«

Was blieb mir? Ich ergriff seine Hand und trottete wie ein Häufchen Elend hinter ihm her. Ich fühlte mich schrecklich. Ich wollte nach Hause. Aber in meinem Auto türmte sich immer noch Johannas Leben.

Wow! Das war aber ein großer Garten. Als wir durch die Flügeltür nach draußen kamen, war da nicht nur eine Terrasse — weit gefehlt! Hier ging es erst richtig los! Geradeaus stand noch ein weiteres, kleineres Gebäude. Auch wieder mit diesen Sonnenfenstern. Und rechts daneben gab es eine Wiese, auf der zwei Pferde standen. Da gehe ich aber nicht dicht heran, schwor ich mir. Pferde machten mir Angst. Neben den Angstmachern war noch ein eingezäuntes Stück auf der Wiese. Da war zum Glück nichts drin. Ich musste mich unbedingt aus Raffaels Hand befreien. Mir tat schon mein Arm weh, weil ich ihn so kerzengerade von mir streckte. Also sah ich auf den Boden und sagte:

»Oh, mein Schuhband.«

Zack, konnte ich Raffael loslassen, hockte mich hin und

fummelte umständlich an meinem Schnürsenkel herum. Gerettet!

Wo war eigentlich Johanna? Ich fragte Raffael, und er meinte:

»Sie ist sicher bei den Welpen. Die sind aber auch niedlich.«

Ich horchte auf und musste mich sofort am Arm kratzen. Ganz rechts, also rechts neben der Terrassentür im Hauptgebäude, gab es ein großes Scheunentor. In das Tor war eine normale Tür eingearbeitet, durch die Raffael mich nun führte. Hier war es, wie nicht anders zu erwarten, riesig. Ich befürchtete, dass es hier drinnen irgendwie dunkel und stinkig sein würde. Aber es ging einigermaßen. Trotzdem musste ich an Johannas Raumparfüm denken, wäre hier sicher eine Bereicherung. Aber hell war es. Sogar in diesem Teil des Gebäudes erstrahlten überall die Sonnenfenster. Gleich am Eingang befanden sich zwei Ställe, da gehörten sicher die Angstmacher rein. In der Mitte der Diele stand ein bestimmt drei Meter langer massiver Holztisch. Ich konnte verstehen, dass Raffael hier keine guten Möbel reinstellte. Der Tisch war auf der Platte schon überall ganz schön angeschlagen. Drumherum standen Strohballen, auf denen karierte Wolldecken platziert waren. Wie schön. Mich überkam ein heimatliches Gefühl. Ich musste an meinen ähnlich karierten Schlafanzug denken.

Oh, jetzt sah ich auch Johanna! Raffael ging neben mir her und rief ihr zu:

»Da kann man sich gar nicht entscheiden, welcher der Schönste ist, oder?«

Jetzt sah ich es. Johanna hielt so was wie ein Fellkissen auf dem Arm. Wir waren bei ihr angekommen, und sie strahlte Raffael an. Dann steckte Johanna allen Ernstes ihr Gesicht in das Fellkissen und murmelte:

»Bezaubernd! Den hier gebe ich nie wieder her!«

Raffael beugte sich über eine sehr große Holzkiste am Boden und hob ein zweites Fellding heraus. Ich trat einen Schritt zurück. Schneller als ich reagieren konnte, drückte Raffael mir ein plüschiges Hundebaby vor den Bauch. Bitte nicht!

»Haben die Flöhe?«, fragte ich, während ich beherzt in das Fell griff und den Hund mit ausgestreckten Armen sofort wieder Raffael entgegenhielt.

Er hatte Mitleid mit mir und befreite mich von dem einen Hund und sicher Abermillionen von Milben, Zecken, Flöhen und was sonst noch auf dem Vieh wohnte. Endlich konnte ich mich kratzen. Aber neugierig war ich doch und lehnte mich auch mal vorsichtig über die Kiste, in die Raffael den Hund zurücksetzte. Ich erschrak. Ein Ungetüm von einem Hund lag auf einer wieder karierten Decke, und an seinem Bauch hingen noch zwei von diesen Fellkissen. Ich zählte kurz durch. Ein großer und drei kleine Hunde. Gut, dass Johanna hier wohnen wollte und nicht ich! Raffael zeigte auf den Riesenhund und sagte:

»Das ist meine Ayla, sie ist eine Hirtenhündin. Die Wonneproppen halten sie ganz schön auf Trab.«

Raffael lächelte und sah total glücklich aus. Johanna knutschte immer noch den Hund auf ihrem Arm.

»Wollen wir jetzt die Kartons ausladen?«

Ich betete, dass man mich nun endlich erhörte. Ich hatte das Gefühl, schon eine Ewigkeit von zu Hause fort zu sein. Und siehe da, auch ich hatte mal ein wenig Glück, denn Raffael sagte:

»Ja, das machen wir jetzt. Die Wohnung ist drüben im Nebengebäude. Wir fahren am besten die Autos hinten durch in den Garten.«

Hervorragend, ein Ende war abzusehen! Gesagt, getan. Wir schafften zu dritt Johannas Sack und Pack in ihr neues Zuhause. Hier war es etwas moderner und schlichter. Es gab helle, freundliche Räume mit geweißten Wänden und eine solide Einbauküche mit weißen Kunststoff-Fronten. Herrlich pflegeleichtes Laminat und im Flur und in der Küche helle Fliesen. Ein modernes braunes Sofa war schon vorhanden. Und im Schlafzimmer gab es ein schickes Doppelbett mit silbernem Metallrahmen. Auch ein Schrank mit zartgrünlichen Milchglasscheiben war bezugsfertig.

Erschöpft ließen wir alle drei uns auf den Kisten, die wir im Wohnzimmer gestapelt hatten, nieder. Ich entschied:

»Dann fahre ich mal.«

Ich sprang wieder auf und wollte mich verabschieden. Endlich! Aber Raffael sah mich ganz enttäuscht an und sagte:

»Ich habe einen Zwiebelkuchen im Ofen. So viel Arbeit macht doch hungrig. Er ist gleich fertig.«

Oh bitte, was wollte die ganze Welt von mir?! Warum konnte ich mich nicht einfach wieder in meine Höhle verkriechen und warten, bis ich endlich wieder zur Arbeit durfte? Nein, jetzt setzte ich mich aber durch!

»Oh, ein anderes Mal gern. Aber heute habe ich nicht so viel Zeit. Tschüss.«

Eilig verließ ich die Wohnung. Johanna rief mir noch ein »Danke, Püppi!« hinterher. Ja ja, gerngeschehen. Ich schwang mich in mein Auto und war glücklich, als ich von der Kieselauffahrt auf die Straße bog. Endlich in Sicherheit. Der Rückweg verlief reibungslos, und als ich zu Hause ankam, wusch ich sofort meine Hände, nachdem ich meine Schuhe auf der Matte ausgezogen hatte. Ich schmierte mir in der Küche ein Salamibrot und schnitt schön die überstehenden Wurstränder ab. Sollten sie doch ihren blöden Zwiebelkuchen alleine essen.

Ich war total erschöpft. So viel Stress an einem Tag. Ich zottelte in mein heiliges Schlafzimmer und sah zum Wecker. Sechzehn Uhr fünfzehn. Genau die richtige Zeit für ein Nachmittagsschläfchen. Ich pflückte einen karierten Schlafanzug aus dem Schrank und schlüpfte hinein. Ich kuschelte mich unter eine Wolldecke. Meine richtige Bettdecke benutzte ich nur nachts. Dafür war sie schließlich da. Mit einer Hand fühlte ich an meinem Schlafanzug das Ärmelbündchen ab und starrte auf den karierten Stoff. In meinem Kopf tauchten immer wieder Bilder von vorhin auf. Sogar die ekligen Fellkissen blitzten vor meinem geistigen Auge auf. Ich schnaufte tief durch. Was für ein Chaos in meinem Gehirn. Dann wurde mir kochendheiß. Die Zeitschriften! Ich hatte vergessen, sie wegzuräumen. Oh mein Gott! Ich malte mir aus, wie Raffael und Johanna ins Wohnzimmer gehen und sich über mich aufregen würden. Ich vergrub mich tiefer in meine Decke. An Schlaf war nicht zu denken. Aber die hatten auch selber Schuld. Hätten sie den Umzug alleine gemacht, müssten sie sich jetzt nicht über mich ärgern. Und ich müsste mich auch nicht ärgern. Rosa, sagte ich mir, aus Fehlern wird man klug. In Zukunft keinen Kontakt mehr zu Johanna und Raffael! Wahrscheinlich wäre ich dort sowieso bald überflüssig. Sicher würde es nicht mehr lange dauern, bis sie ein Paar werden. Johanna fand ja alles ach so toll bei Raffael. Die fragwürdige Einrichtung, die Unordnung, das ganze Viehzeug und sogar das Klaviergeklimper. Nur zu! Ich brauchte das alles nicht. Wenn ich mal ein Haustier haben wollte, würde ich mir einen Teppich kaufen!

Der Druck meiner Finger beim Herumgeknispel an meinem Schlafanzugärmel wurde schwächer, und ich schlief ein.

Ich drehte mich von einer Seite auf die andere und öffnete meine Augen einen Spalt. Ich horchte. Telefon? Ja, Telefon. Schlaftrunken rollte ich mich unter meiner Wolldecke hervor. Wie spät war es denn? Neunzehn Uhr fünfzig! Hai jai jai. Ich schlurfte in den Flur und nahm den Hörer ab.

»Rosa Kuchenbäcker?«, fragte ich, als wüsste ich nicht, dass ich es bin. Ich vernahm Johannas Stimme:

»Püppi!«, trällerte sie in mein Ohr. »Vielen Dank, dass du mir geholfen hast. Ich habe schon einen guten Teil meiner Sachen ausgepackt. Ich fühle mich hier sehr wohl. Ich hoffe, dass ich es jetzt endlich schaffe, mich von Marek zu lösen. Du und Raffael, ihr seid mir eine riesige Hilfe. Heute ist der erste Tag, an dem es mir mal wieder richtig gut geht.«

Ich setzte mich auf die Kommode. Das Gespräch würde wohl noch länger dauern. Johanna holte Luft, und dann ging es weiter:

»Oh, und ich habe mich so in den kleinen Fibi verliebt. Den kleinen Hund, weißt du? Raffael hat gesagt, ich kann ihn mit in meine Wohnung nehmen, wenn er alt genug ist. Ist das nicht toll?«

Johanna wartete gar nicht auf meine Antwort, sondern plapperte gleich weiter:

»Ich bin so froh, Raffael wiedergetroffen zu haben. Er ist toll, oder? Wir haben uns vorhin noch lange bei einem Glas Wein unterhalten. Du weißt schon, über Marek und alles.«

Johanna machte tatsächlich mal eine Pause. Ich hatte die Gelegenheit, ein »Ja« loszuwerden.

Dann ging es auch schon weiter:

»Püppi, wann soll ich dich morgen abholen? Raffael hat morgen Geburtstag, und es kommen ein paar Freunde zu ihm. Und er hat gesagt, dass er sich freuen würde, wenn wir auch dabei sind. Nun sag schon, wann soll ich zu dir kommen? Um neunzehn Uhr? Oder vielleicht ein bisschen früher, dann kannst du mir noch beim Einrichten helfen. Und wir trinken einen Sekt zusammen auf meinen Einzug. Nur wir zwei. Püppi, nun sag doch was!«

Kaum zu glauben, aber Johanna hörte auf zu sprechen. Das war mir ehrlich gesagt gar nicht so lieb. Was sollte ich antworten? Ich hatte mir doch geschworen, den Kontakt abzubrechen. Ich überlegte, was ich morgen machen würde, wenn ich zu Hause blieb. Nichts. Ganz hinten in meinem Gehirn wollte mich eine Stimme überreden, etwas Besseres zu machen. Nämlich einmal auszuprobieren, wie es wäre, die Kacheln des gesamten Badezimmers mit Zahnpasta einzuschmieren. Einfach so als Erfahrung. Als ich das hörte, sagte ich Johanna zu.

»Na gut, dann komme ich um einundzwanzig Uhr zu dir.«

Darauf ließ sie sich natürlich nicht ein.

»Quatsch, viel zu spät! Außerdem hole ich dich ab, um achtzehn Uhr. Sonst kannst du ja nicht einmal ein Sektchen trinken. Und dann schläfst du einfach bei mir. Gut, Püppi, dann lege ich jetzt auf. Ich will noch mal zu Fibi. Bis morgen. Küsschen!«

Klack – Gespräch beendet. Ich rutschte von der Kommode und legte den Hörer auf. Nanu, es klingelte schon wieder. Was wollte Johanna denn noch?

»Ja?«, sagte ich erneut in den Hörer.

»Liebling, also für deinen Gesprächspartner ist es aber angenehmer, wenn du dich mit deinem ganzen Namen meldest. Sonst weiß man ja gar nicht, ob man die richtige Nummer gewählt hat.«

Ich setzte mich wieder auf die Kommode.

»Mama«, sagte ich und atmete mit aufgeplusterten Wangen aus. Na klar, wir telefonierten jeden Dienstag. Das war im Moment aber auch alles zu viel für mich.

»Kind, wie geht es dir? Konntest du es einrichten, den Urlaub durchzuarbeiten?«

Ich wippte mit den Beinen gegen die Kommode.

»Nein, ich habe jetzt zwei Wochen Urlaub. Aber mir geht es gut. Ich unternehme viel mit Freunden. Morgen bin ich zum Geburtstag eingeladen. Hier ist alles in Ordnung. Mache dir keine Sorgen.«

»Oh«, sagte meine Mutter mit einem merkwürdigen Unterton, »wie schön.«

Dann sagte sie nichts mehr. Was war denn jetzt los?

»Mama, ist alles in Ordnung?«

Ein wenig schnippisch entgegnete sie:

»Natürlich. Entschuldige, aber meine Lockenwickler sind jetzt trocken. Ich melde mich.«

Klack – nächstes Gespräch beendet.

Ich musste dringend wieder auf mein Bett. Denn ich war total verwirrt. Nichts lief, wie ich es plante. Mein ganzes Leben drohte, aus den Fugen zu geraten. Ich hatte das mulmige Gefühl, die Kontrolle zu verlieren. Alles war auf einmal neu und anders. Ich war es nicht gewohnt, außerhalb meiner Routine im Freien zu stehen. Es verschreckte mich unsagbar. Und trotzdem lockte mich irgendetwas, weiterzumachen. Natürlich bekam ich jetzt schon Bauchschmerzen bei dem Gedanken, morgen wieder zu Johanna und Raffael zu fahren. Aber was hatte ich zu verlieren? Wenn mein Leben mal wieder in einer Katastrophe endete, konnte ich danach immer noch wieder in meine Höhle zurückkehren und niemals mehr herauskommen. So war ich wild entschlossen, tatsächlich morgen mit Johanna auf Raffaels Geburtstagsfeier zu gehen.

Ach herrje, Geburtstag. Dann brauchte ich ja wohl ein Geschenk. Aber was? Diesen Gedanken verschob ich auf morgen. Auch wollte ich meine ganzen Erlebnisse heute nicht mehr in Schuhkartons sortieren. Ich brauchte eine Pause von allem. Ich entschied mich, fernzusehen. Bei einer Dokumentation über Astrophysik blieb ich hängen und entspannte. Nach meiner Kontrollrunde durch die Wohnung ging ich irgendwann relativ zufrieden ins Bett.

Mein Wecker klingelte um halb neun. Ich war sofort wach. Ich sah aus dem Fenster. Was für ein schöner Spätsommermorgen. Wenn mir die in mein Schlafzimmer fallenden Sonnenstrahlen nicht die winzig kleinen Staubpartikel in der Luft aufgezeigt hätten, wäre es wirklich nahezu perfekt gewesen. Heute hatte ich viel vor. Um nicht den Überblick zu verlieren, krabbelte ich direkt aus dem Bett vor meine grüne Zaubertafel an der Wand und notierte:

Mittwoch: GR10. Also ein Geschenk für Raffael besorgen. Schrecklichkeitsnummer zehn, denn ich hatte noch nicht die leiseste Ahnung, was ich ihm kaufen wollte.

SpÜJ2. Bedeutete: Sachen packen für die Übernachtung bei Johanna. In Schrecklichkeit gab es nur eine Zwei, denn alles für eine Auswärtsnacht zusammenzufinden, war einfach für mich.

Wp1. Also Wohnung putzen. Wenn ich schon verreiste, dann musste auch die Wohnung ordentlich verlassen werden. Ich fand, das gehörte sich so. Schrecklichkeit eins, denn beim Putzen war ich in meinem Element.

JR10. Johanna wollte mich abholen, und wir fuhren zu Raffael. Schrecklichkeitsnummer zehn. Natürlich. Dafür bedurfte es ja wohl keiner Erklärung.

Ich wollte sofort loslegen, meine Punkte auf der Skala abzuarbeiten. Aber ich bekam ein Problem. Denn normalerweise wäre gleich als Erstes der Gang unter die Dusche fällig gewesen. Weil ich ja in die Stadt fahren wollte, um ein Geschenk für Raffael zu kaufen. Aber später wollte ich meine Wohnung putzen. Das bedeutete, dass ich richtig ins Schwitzen kommen würde. Wenn ich erst einmal loswirbelte, gab es für mich kein Halten mehr. Aber am Abend wollte ich natürlich frisch und ordentlich zurechtgemacht bei Raffael ankommen. Es passte nicht zusammen. Jetzt duschen und rausputzen und heute Abend noch mal, kam auch nicht in Frage. Ich hatte das Bedürfnis, mir wenigstens ein paar Regeln in meinem Leben zu erhalten. Es ging nicht vor und nicht zurück. Ich überlegte noch mal neu. Wie wäre es, wenn ich die Reihenfolge auf der Tafel ändern würde? Ich konnte erst putzen und schwitzen, dann duschen, dann frisch in die Stadt fahren, das Geschenk holen und dann zu Raffael fahren. Mir fiel ein, dass ich meine Übernachtungssachen auch noch irgendwann dazwischen packen musste. Nein, das war alles noch nicht richtig. Außerdem schwirrte mir Raffaels noch nicht vorhandenes Geschenk am meisten im Kopf herum. Wenn ich diese Ungewissheit den ganzen Tag mit mir herumschleppen sollte, hatte ich schon gar keine Lust mehr anzufangen. Fakt blieb, dass ich als Allererstes das Geschenk besorgen wollte. Aber ich war nicht geduscht. Und ich wollte das auch erst heute Abend erledigen. Soviel stand fest.

Mich beschlich eine äußerst gewagte Theorie. Nein, Rosa, das geht nun wirklich nicht, ermahnte ich mich sofort. Aber es ließ mir keine Ruhe. Ich zögerte erst, ging dann aber doch zu dem Stuhl, der ein Stück weit neben meinem Bett stand. Dort legte ich abends immer meine Kleider ab, wenn ich meinen Schlafanzug anzog. Für mich gänzlich unverständlich, warum man das so mach-

te. Bei meinem morgendlichen Kontrollgang durch die
Wohnung nahm ich die Kleider sowieso und warf sie in
den Wäschebehälter im Bad. Aber ich kannte dieses Ritual aus Filmen, und ich fand, es machte etwas her, es auch
so zu handhaben. Jetzt zog ich also meinen Schlafanzug
aus, legte ihn ordentlich aufs Bett und holte tief Luft. Ich
überwand mich, noch einmal in die Jeans von gestern zu
steigen. Es fühlte sich schrecklich an, aber ich bekam es
hin. Genauso verfuhr ich mit meinem Shirt und den
Socken. Mich schüttelte es am ganzen Körper. Geschafft!
Ein wenig starr schob ich mich so bekleidet vor den Badezimmerspiegel. Ich kämmte meine Haare und formte
mir mit einem Zopfgummi einen Pferdeschwanz. Ich
wusch mein Gesicht und putzte meine Zähne. Dann versammelte ich meine Handtasche, meine Geldbörse, meinen Autoschlüssel und meinen Stoffbeutel auf der Fluranrichte. Es konnte losgehen. Ich wollte es wagen, in diesem erbärmlich dreckigen Zustand in die Stadt zu fahren.
Ich hoffte, dass mir eine Idee für Raffaels Geschenk
kommen würde, wenn ich mir die Schaufenster besah.

Ein letzter Blick in den Spiegel im Flur. Oh nein! Über
Nacht hatten sich meine Haare ein wenig verlegen und
trotzten nun der ursprünglichen Frisur. Auch der Pferdeschwanz ließ nicht leugnen, dass vorn am Haaransatz ein
paar einzelne Strähnen aus der Reihe tanzten. Ich griff in
die Schublade der Flurkommode und fischte eine graue
Strickmütze heraus. Sie war zwar im Winterfach platziert,
aber ich konnte unmöglich mit diesem verbogenen Pony
rausgehen. Also Mütze schön tief in die Stirn gezogen,
weg war der Feind. Ich kräuselte meine Nase. Ich bildete
mir ein, nicht gut zu riechen. An meinem Garderobenhaken hing mein Übergangsmantel für den kommenden

Herbst. Egal. Ich zog ihn über. So konnten eventuelle Gerüche nicht entweichen. Ich sah zu meinen weißen Turnschuhen an der Tür, dachte mir dann aber, dass Winterstiefel sozusagen eine Garantie gegen Luftdurchlässigkeit boten. War ja schnell gemacht, die gut verstauten Stiefel aus dem Winterlager im Schlafzimmerschrank zu holen. Dann nahm ich mir noch ein graugemustertes, flauschiges Tuch vom Haken im Flur und schlang es großzügig um meinen Hals. Mittlerweile war ich so unpassend für diese Jahreszeit angezogen, dass ich mich entschied, mein Halstuch so zu tragen, dass es mein Gesicht bis zur Nase bedeckte. Ich schnappte meine Taschen, zog meine Winterstiefel auf der Matte an und schlich mich leicht gebückt aus dem Haus. Tippel, tippel, schnell ins Auto. Ich fuhr die paar Kilometer bis in die Innenstadt und parkte so dicht an den Geschäften, wie es möglich war. Hastig löste ich einen Parkschein und huschte durch die Einkaufszone. Mit einer Hand hielt ich mir mein Tuch schön hoch vors Gesicht. Ich hatte das Gefühl, alle Leute würden mich anstarren, weil sie aus meiner Kleidung silbergraue Stinknebelschwaden aufsteigen sahen. Ich stellte mir vor, wie sie hinter mir herliefen und „Iiiiieh" schrien. Ich zog mein Tuch noch höher.

An jedem Schaufenster stoppte ich und inspizierte genau die Auslagen. Was passte zu Raffael? Was konnte ihm gefallen? Was ich in den Fenstern sah, gefiel mir jedenfalls nicht. Es sollte ja auch etwas Persönliches sein, zumindest etwas, was er auch wirklich brauchen konnte. Weiter zum nächsten Schaufenster.

Oh, hier musste ich sowieso noch rein. Eine Drogerie. Ich schnappte mir ein Körbchen am Eingang und ging ganz dicht an den Regalen vorbei. Ich wollte so unauffällig wie möglich bleiben. Zügig sammelte ich in meinen Korb, was ich brauchte. Für meinen Aufenthalt bei Johanna wollte ich alles neu kaufen. Ich fand, es sah komisch aus, mit angebrochenen Produkten zu verreisen. Zahnpasta, Zahnbürste, Shampoo, Spülung, Duschgel, Deo, eine Bürste, Taschentücher, einen Waschlappen, Wattestäbchen, Gesichtscreme, Bodylotion, Geschenkpapier, Geschenkband, Geburtstagskarte und ein Parfüm. Also mein Parfüm. Das, was ich immer benutzte. Bei der Gelegenheit sprühte ich mich gleich ordentlich mit dem Testflakon ein, der ja extra für Kunden bereitstand.

Wow, auch ich hatte mal einen Geistesblitz. Mein Parfüm brachte mich darauf, was ich Raffael schenken konnte. Na klar! In seiner Scheune roch es doch so komisch. Ich wollte ihm ein Raumparfüm schenken. Gute Idee! Ich ging noch mal ein Stück zurück und wählte den Duft aus, der mir von der Verpackung her am männlichsten erschien. Sandelholz stand drauf. Er war doch so ein Holzfreak. Prima, auf zur Kasse!

Ich bremste abrupt. Über das Regal hinweg sah ich Raffael den Laden betreten! Oh nein, auch das noch! Ich sank spontan in die Knie. Ich musste mich verstecken. Ich drehte mich mit dem Gesicht vors Regal und begann, fürchterlich interessiert in der Ware zu wühlen. Dummerweise hockte ich vor den Toilettenbürsten. Es half nichts. Ich musste hier verharren, bis Raffael den Laden wieder verließ. Unauffällig spähte ich immer wieder nach links und rechts, um ihn bloß nicht zu verpassen. Ein Mann in einer Drogerie, lange konnte es nicht dauern. Ich besah mir die Produkte. Wo blieb er denn? Nun komm schon, beeil dich, dachte ich. Allmählich kribbelten meine abgeknickten Beine, die Blutzufuhr ließ langsam zu wünschen übrig. Und unter meiner Mütze fing es vor Hitze an zu jucken. Da! Er kam! Ich durchforstete energisch die Klobürsten. Als er an mir vorbei war, beobachtete ich, wie er sich an die Kasse stellte. Er legte eine Packung Rasierklingen aufs Band. Sehr gut. Gleich war es geschafft. Ich kam vorsichtig wieder hoch und lockerte meine Beine, indem ich sie ausschüttelte. Dann wagte ich mich auch zur Kasse und bezahlte meinen Einkauf. Ich verstaute alles in meinen Stoffbeutel und schlich mich auf leisen Sohlen zur Tür. Ich beugte mich im Eingang vor und überprüfte meinen Fluchtweg. Die Luft war rein. Glück gehabt! Rasch eilte ich zu meinem Auto und fuhr wieder nach Hause.

Nachdem ich mich von meinem viel zu warmen Outfit befreit hatte, setzte ich mich eifrig an meinen Küchentisch und verpackte Raffaels Raumparfüm in Geschenkpapier. Ich hatte in der Drogerie ein ganz schlicht blaues gewählt. Noch eine silberne Schleife oben drauf, fertig. Nun war die Karte dran. Ich betrachtete die Abbildung. Lila Stiefmütterchen, warum nicht. Ich klappte die Karte auf und überlegte mir einen Text. Ich wusste nicht mal, wie alt Raffael wurde. Egal. Ich schrieb:

„Lieber Raffael. Herzlichen Glückwunsch zum Geburtstag. Das Geschenk ist dafür, dass es in deinem Stall immer gut riecht. Alles Gute, Rosa."

Okay, ab in den Umschlag, perfekt. Eine Sache konnte ich jetzt schon auf meiner Tafel abstreichen. Danach entschied ich mich, erst zu packen und dann zu putzen. Ich nahm meinen Stuhl neben dem Bett und stellte ihn vor den Schrank. Dann stieg ich auf die Sitzfläche und fischte mit ausgestreckten Armen meinen roten Reisekoffer vom Kleiderschrank. Zum Glück war ich immer so fleißig.

Selbst oben auf dem Schrank blitzte es, und der Koffer sah aus wie neu. Ich stellte ihn aufs Bett und klappte den Deckel hoch. Nun konnte ich alles zusammentragen, was ich für die Übernachtung bei Johanna brauchte. Die frisch gekauften Drogerieartikel verpackte ich in zwei Kulturtaschen, mitsamt einem Fön, einem Handspiegel und meinem Zahnputzbecher. Weiter ging es im Schlafzimmerschrank. Ich wählte aus den geordneten Stapeln diverse Shirts, Blusen, Unterwäsche, Strümpfe und einen frischen karierten Schlafanzug. Dann noch eine Hose in Reserve und ein Ersatzpaar Schuhe. Eine Strickjacke, eine leichte Jacke und zwei Halstücher. Dann holte ich aus dem Badezimmer zwei normale Handtücher, ein Gästetuch und ein Duschhandtuch. Der Koffer füllte sich schon. Aus der Küche organisierte ich mir noch eine Packung Kekse, zwei kleine Tetrapacks Orangensaft und zwei Ersatzstrohhalme für die Tetrapacks. Die Lebensmittel verpackte ich in einen Klarsichtbeutel und legte sie oben auf alles im Koffer drauf. Super! Ich kontrollierte alles, konnte aber keine Lücke im System finden. Ich schloss den Reißverschluss und schlurfte den Koffer in den Flur. Dann ging ich wieder ins Schlafzimmer und bezog meine Bettdecke und mein Kopfkissen frisch. Aus der Flurschublade nahm ich mir danach einen Gürtel. Ich faltete, so gut es ging, die Bettdecke zu einem Würfel und legte das Kissen oben drauf. Dann schnürte ich den Gürtel um beides drumherum und zog die Schnalle stramm. So ließ es sich reisen. Mein Bett war jetzt wunderbar tragbar. So konnte ich wieder einen Punkt auf der Tafel abhaken. Mittlerweile war es schon vierzehn Uhr. Aber ich lag gut im Zeitplan. Ich hatte noch genügend Zeit, meine Wohnung auf Hochglanz zu bringen und konnte danach ganz in Ruhe duschen gehen.

Pünktlich um achtzehn Uhr stand ich mit meinem Koffer, meiner Handtasche, einem Regenschirm, dem Geschenk und meinem Bettdeckenpaket unten vor dem Wohnblock an der Straße und erwartete Johanna. Es hupte, und sie fuhr mit ihrem Wagen vor. Als Johanna ausstieg, stellte sie sich vor mich hin, klopfte sich mit den Händen auf die Oberschenkel und gackerte, als hätte sie etwas total Lustiges gesehen. Merkwürdig…

Wir verluden mein Gepäck und brausten los. Ich war so aufgeregt, dass Übelkeit in mir aufstieg. Heute über Tag war ich so beschäftigt, dass ich gar keine Zeit hatte, mich zu sorgen, was mir auf Raffaels Geburtstag alles Schreckliches passieren konnte. Aber jetzt kamen meine Befürchtungen alle auf einmal. Meine Hände kribbelten – ich stand total neben mir. Mein Gehirn weigerte sich, einen klaren Gedanken zu fassen, und ich unterdrückte angestrengt den aufkeimenden Fluchtreflex. Ich riet mir, ein Taxi zu bestellen, wenn es mir auf der Party nicht gefallen würde. So konnte ich mich überreden, einfach auf dem Beifahrersitz auszuharren und abzuwarten. Wir fuhren auf die Kieselstein-Auffahrt. Meine Knie wackelten.

»Was schenkst du eigentlich Raffael?«, fragte ich Johanna, während wir ausstiegen. Sie berichtete:

»Ich habe gestern noch heimlich Fotos von den Hunden gemacht. Die habe ich aufgeklebt und beschriftet und dann schön gerahmt.«

Wie langweilig, dachte ich. Die Hunde sieht er doch sowieso jeden Tag.

»Schön«, antwortete ich. »Ich habe Raffael ein Raumparfüm gekauft.«

Johanna reagierte darauf gar nicht. Sie war bestimmt neidisch.

Da Johanna ja jetzt hier wohnte, gingen wir gar nicht vorne zur großen Haustür. Wir durften gleich rechts neben dem Haupthaus den Weg durchgehen. So kamen wir mit meinem Gepäck direkt hinten im Garten an. Ich fühlte mich schon ein bisschen wichtig, nicht klingeln zu müssen. Auf dem Hof war noch alles ruhig. Wir wollten ja auch erst noch zu Johanna in die Wohnung. Das war aufgrund meiner ganzen Sachen auch von Vorteil. Bei Johanna sah es schon richtig wohnlich aus. Sie hatte ein bisschen dekoriert, Vorhänge drapiert und Bilder an die Wand gehängt. Sie zeigte mir stolz alle Räume und sagte:

»Raffael hat mir heute Nachmittag geholfen. Der bekommt aber auch alles hin. Er hat den ganzen Tag Unterricht gegeben. Dann war er noch die Besorgungen für heute Abend machen, hat sich um den Hof gekümmert und trotzdem noch Zeit gefunden, mir die Gardinen und Bilder anzubringen. Wenn ich da an Marek denke...«

Johanna brach ihren Satz abrupt ab und winkte mit der Hand, als wollte sie eine Fliege verjagen.

Dass Raffael heute in der Stadt war, konnte ich nur zu gut bestätigen. Natürlich erzählte ich nichts von meinem Stinker-Ausflug.

Ich setzte mich aufs Sofa, und Johanna holte eine Flasche Sekt aus der Küche. Sie stellte zwei Gläser auf den Boden, einen Tisch gab es im Wohnzimmer noch nicht. Als sie uns einschenkte, lehnte ich ab:

»Danke, für mich nicht. Das weißt du doch.«

Johanna sah mich an und hielt mir ein Glas hin.

»Püppi, nur ein halbes Glas auf mein neues Leben.«

Sie lächelte mir aufmunternd zu.

Ich trank nie Alkohol. Eigentlich gab es dafür gar keinen besonderen Grund. Es war einfach so. Erstens kam ich so gut wie nie in die Verlegenheit, denn ich würde mich ja nicht alleine zu Hause damit besäuseln. Und ansonsten wurde ich, sagen wir eher selten auf Partys eingeladen. Ich überprüfte es aber lieber noch mal ganz genau und erinnerte mich an meine Geburtstage zurück. Nein – Fehlanzeige. Ich hatte wirklich in neunundzwanzig Jahren niemals etwas Alkoholisches getrunken. Und so hatte es sich für mich als goldene Regel ergeben, Alkohol strikt abzulehnen. Johanna hielt immer noch das Glas vor meine Nase.

»Ist doch nur Sekt«, sagte sie.

Na gut. Johanna ließ ihr Glas gegen meins klingen, und ich probierte einen Schluck. Es kitzelte auf meiner Zunge. Ich nahm noch einen etwas größeren Schluck.

»Gut«, entschied ich und leckte meine Lippen ab.

Wir unterhielten uns eine Weile. Johanna berichtete schon wieder von ihren neuen Eindrücken hier bei Raffael, und dass sie morgen Mittag wieder zur Arbeit musste. Dass sie sich schon auf ihre Kinder im Kindergarten freute und noch dies und das. Und ich hörte ihr zu. Dann meinte Johanna, dass sie kurz im Bad ihr Make-up erneuern würde, und danach wollten wir rüber in die Scheune zur Party gehen.

Ich glaube, Johanna brauchte ziemlich lange im Badezimmer. Ich schaffte es in der Zeit, mir noch drei Gläser nachzuschenken. Anstandshalber ließ ich zwei Finger breit Sekt in der Flasche. Es fühlte sich lustig an. Ich fühlte mich lustig an. Alles fühlte sich lustig an. Johanna kam frisch herausgeputzt zurück, schon mit ihrem verpackten Bilderrahmenzeug unter dem Arm.

»Kann losgehen«, sie strahlte mich an.

Ich schnappte mir auch mein Geschenk und die Karte. Als ich aufstand, wurde mir noch lustiger. Ich fühlte mich, als würde ich bei jedem Schritt auf Zuckerwatte treten. Hoppla, war der Fußboden wirklich gerade? Wir kamen an einem Grill vorbei, bevor wir durch die Scheunentür gingen. Die Kohle unter dem Rost glühte schon. Musik begrüßte uns im Eingang, für mich war es mehr ein dumpfes Dröhnen. Ich musste mich konzentrieren. Ich bemühte mich um eine gute Körperhaltung und kniff die Augen ein wenig zusammen, um meinen Blick zu schärfen. Dann sah ich in die Scheune. Zwischen den Balken an der Decke leuchteten bunte Lichterketten. Für mich tanzten sie ein wenig auf und ab. Rechts, gegenüber den Angstmacherställen, war ein langer, schmaler Tisch aufgebaut, auf dem sich diverse Leckereien wie Salate, Frikadellen und Brot hübsch dekoriert ihrer baldigen Vernichtung ergaben. Unter dem Tisch auf dem Boden standen Bier- und Cola-Kisten und Wasser- und Weinflaschen. Ich entdeckte auch Sekt. Ich war verzückt. Man sollte es nicht meinen, aber ich hatte schon wieder Durst. Auf dem derben Holztisch standen Unmengen an Gläsern und etliche Schälchen mit Knabbersachen. Ich machte einen ausgleichenden Schritt zur Seite. Ganz hinten in der Scheune, gleich neben der Fellkissenkiste, war noch ein Tisch aufgebaut. Davor waren fremde Menschen versammelt. Oh, nein, nicht nur. Raffael stand in der Mitte. Sie lachten alle und schienen ganz beschäftigt. Johanna und ich gingen auf sie zu. Mir wurde etwas flau im Magen. Auf dem Weg benötigte ich zwei Seitwärts-Balance-Schritte.

Raffael bemerkte uns als erster und quetschte sich aus der „Menschen-Mitte" heraus.

»Hey«, rief er, »wie schön!«

Johanna fiel ihm sofort um den Hals und gratulierte ihm überschwänglich. Ich bemühte mich um mein

Gleichgewicht. Dann hielt Johanna Raffael ihr langweiliges Geschenk entgegen. Er legte den eingewickelten Rahmen auf den Tisch und kam auf mich zu. Na, da war er wohl gar nicht neugierig, was Johanna für ihn hatte. Oh, jetzt war ich dran! Ich wankte.

»Rosa!«, das Geburtstagskind strahlte mich an. Ich streckte Raffael meine Hand hin und sagte:

»Herzlichen Glückwunsch, aber das steht auch in der Karte.«

Stolz gab ich ihm die Karte und mein Geschenk. Dann war ich enttäuscht. Auch meine Sachen legte Raffael auf den Tisch. In meinem Kopf rauschte es leise. Die anderen aus der Runde hatten sich inzwischen alle zu uns umgedreht und begutachteten uns von oben bis unten. Ich starrte konzentriert zurück. Raffael stellte uns vor. Jedem einzelnen verpasste er einen Namen. Nach Johanna und mir gab es im Doppelpack Carmen und Alex, Linda und Ben, und dann einzeln Silly, Sarah, Mike und Pit. Direkt forderten alle, dass Raffael unsere Geschenke auspacken sollte. Während er dann auch gleich anfing, mein Geschenkpapier zu zerpflücken, kam der strohblonde Mike auf Johanna und mich zu und fragte, was wir trinken wollten. Johanna wählte einen Rotwein, ich blieb bei meinem auf der Zunge kitzelnden Sekt. Mist, nun lenkte mich dieser Mike so ab, dass ich gar nicht mitbekam, was Raffael zu meinem Raumparfüm sagte. Hinter mir kicherten die anderen. Ich musste mich schnell wieder dazustellen. Ich tat es dann langsam, meine schaukelnde Motorik zwang mich dazu. Ich wollte nicht verpassen, wie sie Johannas Geschenk bekicherten. Raffael riss gerade den Bilderrahmen auf. Also das Papier. Dann umarmte er schon wieder Johanna. Wie oft denn noch? Nun war es ja mal gut.

Dann sah Raffael mich an und streckte mir seine Arme entgegen. Dank des neuen Sektnachschubs in meinem Blut wurde mir durch diese Geste nicht mal schlecht. Ich ließ es tapfer geschehen und mich einfach nach vorne fallen.

»Hoppla«, machte Raffael und fing mich auf. Ich ruderte ein wenig mit den Armen zurück und kam wieder richtig zum Stehen. Es roch gut, als ich mit dem Gesicht an Raffaels Hals vorbeikam. Dann sah Raffael mir in die Augen. Ich peilte ihn mit meinem Blick auch an und grinste. Meine Welt war zwar in dem Moment ein wenig wackelig, abgedämpft und verschwommen, aber sie war heil. Raffael lachte mich auch an und sagte:

»Ich gehe jetzt raus an den Grill. Die anderen freuen sich schon, dich kennenzulernen. Wenn ich fertig bin, können wir uns endlich mal in Ruhe beim Essen unterhalten.«

Raffael strich mir mit seiner Hand über die Wange und ging aus der Scheune. Ich fasste mir mit den Fingerspitzen an die von ihm berührte Stelle im Gesicht und hatte das Gefühl, als würde in meinem Bauch die Sonne aufgehen. Ich trank einen ordentlichen Schluck Sekt. Wo war eigentlich Johanna? Ich entdeckte sie am Tisch auf einem Strohballen sitzend. Sie unterhielt sich mit dem strohblonden Typen, sein Name fiel mir nicht mehr ein. Ich wollte mich neben die beiden setzen. Das Aufsteigen auf den Strohballen gestaltete sich für mich ein wenig mühsam, aber ich schaffte es ohne Zwischenfälle. Ich prostete ihnen zu.

»Prost, Rosa«, sagte Johanna, »stell dir vor, Mike arbeitet auch in einem Kindergarten.«

Richtig, Mike war sein Name. Ich erinnerte mich wieder und nahm einen Zug aus meinem Glas. Und dieser

Kindergarten-Mike schenkte mir sofort nach. Das fand ich sehr nett. Aber irgendwie kam ich nicht richtig in das Gespräch der beiden rein. Es langweilte mich auch, über Bastelnachmittage und Elternsorgen zu diskutieren. Die beiden waren so vertieft in ihr Märchenbuch-Gefasel, dass sie gar nicht bemerkten, als ich mich wieder von dem Strohballen schwang. Hui, ich schaukelte immer mehr. Meine Gedanken verschleierten, die Musik und Stimm-Geräusche vermischten sich in meinem Kopf immer mehr zu einem Einheitsbrei. Ich beobachtete die Fremden, die sich alle angeregt miteinander unterhielten. Ich war wirklich bemüht, mir einen von ihnen herauszupicken. Ich wollte sie wirklich kennenlernen. Aber der Sekt in meinem Körper machte mittlerweile mit mir, was er wollte. Er hatte die komplette Herrschaft übernommen. Meine Zunge kitzelte auch gar nicht mehr, wenn ich einen guten Schluck nachkippte. Ich fühlte meine Zunge überhaupt nicht mehr. Ich war in meiner eigenen, schwankenden Welt gefangen. Ganz weit entfernt nahm ich wahr, dass Raffael mit zwei vollen Tellern Grillfleisch und Würstchen in die Scheune kam. Alle sprangen auf und drängelten sich an mir vorbei. Es klapperten Teller, Besteck und Gläser. Puh, so ein Gewimmel um mich heherum…

Johanna? Ich brauchte ihre Hilfe. Schemenhaft erkannte ich, dass sie mit dem Rücken zu mir am Tisch immer noch mit dem Strohkopf redete.

»Rosa, alles okay?«

Raffael! Ich krallte mich an seinen Pulloverärmel, um die Balance besser halten zu können. Ich versuchte, ihn direkt anzusehen und stammelte mit der betäubten Zunge:

»Ich… ich…«, in diesem Moment wurde mir unsagbar

schlecht. Da ich aber mit dem Gefühl der Übelkeit schon lebte, solange ich denken konnte, machte ich mir gar keine Gedanken darüber. Sicher, Gedankenmachen funktionierte gerade sowieso nicht mehr so gut. Aber dass sich die Übelkeit umgehend von einem Gefühl in einen Akt der Tat verwandelte, das hat mich überrascht. So sehr überrascht, dass ich wirklich keine Möglichkeit mehr hatte, irgendetwas zu unternehmen, um das Unheil abzuwenden.

„Es" übergab sich direkt da, wo ich war. Am Pulloverärmel von Raffael. Es war wirklich „es", denn ich hatte überhaupt nicht das Gefühl, dass ich es war. Das ging alles so schnell. Und mein benebeltes Gehirn verarbeitete alles so langsam. Außerdem war ich so müde, als hätte ich noch nie geschlafen. Dann wurde es dunkel.

Aua! Kopfweh! Ich nahm Schmerz wahr. Ja, ich lebte. Ich bewegte meine Finger. Und dann meine Zehen. Oh ich fühlte mich schrecklich. Ich verzog mein Gesicht. Ganz langsam machte ich die Augen auf. Aha, ich lag in Johannas großem Doppelbett – und ich trug meinen karierten Schlafanzug! Dann stieß ich einen grellen Schrei aus und schnellte mit dem Oberkörper nach vorn. Ich schnappte mit beiden Händen nach der Bettdecke und zog sie mir bis über den Kopf. In meinem Schädel hämmerte es. Raffael saß auf meiner Bettkante!

Oh mein Gott! Wie bei einem Rätsel blitzten immer wieder bruchstückhaft Bilder vor mir auf:

Party – Sekt – Strohkopf – Sekt – Raffael – Sekt – Erbrochenes am Ärmel.

Dann kam nichts mehr. Niemals wollte ich wieder unter meiner Bettdecke herauskommen. Niemals!

Aus meinem Unterschlupf hörte ich Raffael lachen.

»Du bist einmalig«, sagte er dann, noch immer mit einem Kichern in der Stimme. Er zuppelte an meiner Bettdecke. Ich griff fester in den Stoff. Raffael sprach mich wieder an, aber ich blieb unter meinem Schutzschild.

»Rosa, soll ich dir einen Tee machen?«

Ich nickte stumm und ließ die Bettdecke wippen. Die Matratze hob sich ein wenig, und Raffael schien den Raum zu verlassen. Befreit konnte ich endlich meinen Kopf unter der Decke rausstrecken und tief Luft holen. Es klapperte in der Küche, dann hörte ich einen Kessel pfeifen. Es klapperte wieder und Raffael kam zurück.

Schwupps, zog ich mir wieder das Bettzeug über den Kopf. Ich hörte, wie Raffael eine Tasse auf dem Nachttischchen abstellte und – oh bitte nicht – sich wieder auf die Bettkante setzte. Er lachte schon wieder. Zu Recht, wie ich fand. Ich hätte mich auch ausgelacht, wenn ich am Abend vorher von mir angekotzt worden wäre. Obwohl – ich glaube, ich wäre eher wütend auf mich. Aber Auslachen war ja wohl noch schlimmer!

Ich lauschte neugierig. Raffael versuchte jetzt nicht mehr, mir mein Schutzschild in Form der Bettdecke zu stehlen. Er begann einfach zu erzählen:

»Wirklich schade, dass du gestern nicht bis zum Schluss dabei warst. Es war echt noch lustig. Mike und Pit sind erst um drei Uhr gegangen. Ich war ganz schön müde heute Morgen. Zum Glück hatte ich die Termine für die Klavierstunden wohlweislich um zwei Stunden verschoben. Aber jetzt habe ich bis um vierzehn Uhr Pause.«

Ich wurschtelte unter meiner Bettdecke herum und rang mir ein »Wie spät ist es denn?« ab.

Raffael sagte:

»Gleich dreizehn Uhr, Johanna ist schon zur Arbeit gefahren.«

Ich erinnerte mich sehnsüchtig an meine Arbeit. Wenn man sie mir nicht gestohlen hätte, wäre mein Leben jetzt schön gewesen. Und ich hätte nicht verschwitzt unter einer Bettdecke hocken müssen, direkt neben einem Mann, dem ich im wahrsten Sinne seine Geburtstagsparty versaut hatte. Ich hörte wieder Raffael zu:

»Komm doch unter der Decke vor. Dein Tee wird ja kalt, und dann schmeckt er nicht mehr.«

Hm, da hatte er zwar Recht, aber ich würde alle Tees dieser Welt sausen lassen, bevor ich Raffael jemals wieder in die Augen sehen konnte. Auf der anderen Seite hatte ich ganz viele Fragen. Es ließ mir keine Ruhe. Da er mir jetzt schon mal so direkt zur Verfügung stand, lugte ich ein klein wenig — nur bis zur Nase — hinter meiner Bettdecke hervor. Skeptisch sah ich Raffael an und fragte dann todesmutig:

»Warum hast du so einen großen Hof, und warum wohnst du hier ganz alleine?«

Ruckartig schlupfte ich wieder unter meine Decke. Mein Herz klopfte dong, dong, dong, ich war mir sicher, dass er jetzt die Flucht ergreifen würde. Wäre auch gut, dachte ich. Aber Raffael fing einfach an, mir die Dinge zu erklären:

»Den Hof habe ich schon vor ungefähr zehn Jahren gekauft. Mein Großvater hat mir damals seine Anteile aus einer Kosmetikfabrik vererbt. Ich war erst vierundzwanzig, aber ich wusste zu der Zeit schon genau, dass ich ganz sicher nicht in den Betrieb mit einsteigen wollte. So was liegt mir überhaupt nicht, weißt du? Ich mache, seit ich denken kann, gerne Musik. Und da habe ich dann für mich die Chance gesehen, mein Leben so zu gestalten, wie ich es für richtig halte. Damals hat es einen heftigen Streit mit meinem Vater gegeben. Ihm lag sehr viel daran, die Familientradition weiterzuführen. Schließlich steckt mein Vater auch in dem Konzern mit drin. Er spricht bis heute nicht mit mir.«

Mir wurde heiß und kalt. Ich dachte an meinen Chef, der Wolke mit Nachnamen hieß und an das Türschild bei Raffael. Mein Herr Wolke war also Raffaels Vater! Das behielt ich erstmal lieber für mich. Ich war überrascht, dass Raffael so viel aus seinem Leben preisgab. Jetzt traute ich mich unter meiner Bettdecke hervor und fischte zaghaft nach meinem Becher mit Tee. Ich lehnte mich vorsichtig zurück gegen das Bettgestell und umklammerte meine Tasse mit beiden Händen. Raffael lächelte mir zu und erzählte weiter:

»Na, jedenfalls habe ich die Anteile der Firma verkauft, mich in diesen wunderschönen Hof verliebt und alles angeschafft, was ich brauchte, um eine Musikschule zu eröffnen. Dann war das Geld fast aufgebraucht, und heute trägt der Musikunterricht gut den Hof. Und mich auch.« Er zuckte mit den Schultern. »Das war mein Leben in ein paar Sätzen.« Er grinste.

Das machte er wirklich gut. Also grinsen. Ich weiß nicht warum, aber das nahm mich so mit. Das ließ mich mitgrinsen. Sein Grinsen fühlte sich bei mir gut an.

»Warum hast du keine Frau?«, ich biss mir auf die Lippen. Ich wollte ja nicht frech erscheinen, aber ich verstand das wirklich nicht. In so ein Leben gehörte doch eine Frau. Raffael machte auf einmal seine Augen ganz schmal. Er sah erst auf den Boden und dann wieder mich an. Sein Grinsen war verschwunden, und er wurde ganz ernst.

»Klara«, sagte er, und ich konnte deutlich sehen, wie er sie in Gedanken vor sich hatte.

»Mit Klara zusammen habe ich den Hof damals ausgesucht. Wir haben Tag und Nacht geschuftet, um alles instand zu setzen. Die Gebäude waren ziemlich verfallen, und es hat zwei Jahre gedauert, bis wir wirklich von einem Zuhause sprechen konnten.«

Ich verlor mich total in Raffaels Worten. Ich hatte schon ganz vergessen, dass ich gestern Abend meinem Katastrophenleben mal wieder alle Ehre gemacht hatte. Ich wollte einfach nur wissen, wie es weiterging mit ihm und Klara. Was war los? Warum wünschte ich mir, dass Raffael noch achtzig Stunden an meinem Bett sitzen blieb? Ich starrte ihn an und lauschte ihm, als würde er mir gleich erzählen, dass er zu einer Schlittenfahrt mit dem Weihnachtsmann eingeladen sei.

Raffael rückte auf der Bettkante ein wenig dichter an mich heran und berichtete weiter:

»Tja, erst war alles gut.« Er machte eine Pause und erzählte mir dann:

»Weißt du, Klara hat damals neben ihrem Studium gelegentlich für eine Model-Agentur gearbeitet. Einfach, weil es ihr Spaß gemacht hat. Aber dann hat sie immer mehr Aufträge bekommen. Und dadurch hat sie sich verändert. Irgendwann sah sie den Hof mit anderen Augen. Und ich glaube, mich auch. Sie war nur noch gestresst, hat sich aufgeregt, als ich die Ferienwohnung ausbauen wollte. Wir sollten lieber von dem Geld verreisen oder uns ein Appartement in der Stadt nehmen.«

Raffaels Stimme wurde leiser:

»Wir passten immer weniger zusammen. Vor gut zwei Jahren ist sie dann ausgezogen. Ich habe seitdem nichts mehr von Klara gehört.«

Raffael sah mir total offen und direkt ins Gesicht. Ich wusste erst nicht, was ich sagen sollte. Aber dann fiel mir etwas dazu ein:

»Dann ist sie wohl nicht berühmt geworden.«

Wir mussten lachen. Er wohl, weil er es lustig fand und ich, weil er lachte. Raffael sah auf seine Uhr am Handgelenk und stellte fest:

»Rosa, ich muss wieder rüber, gleich kommt Frau Wibbelt zum Unterricht. Jetzt haben wir uns so verquatscht, dass ich es gar nicht mehr schaffe, dich nach Hause zu fahren. Ich rufe dir gern ein Taxi, aber am liebsten würde ich heute noch mehr Zeit mit dir verbringen.«

Ich war total durcheinander. Ich stammelte:

»Keine Ahnung. Ich muss jetzt duschen und meine Sa-

70

chen packen. Ich…, ich rufe mir dann selbst ein Taxi, wenn ich fertig bin.«

Raffael stand vom Bett auf und rief mir im Gehen zu:

»Sag doch Bescheid, wenn du fährst. Im Flur drüben einfach die Treppe rauf, da hörst du mich dann schon. Ich muss mich jetzt beeilen.«

Dann klackte Johannas Haustür ins Schloss.

Ich sprang aus dem Bett und lief ins Badezimmer. Ich merkte erst jetzt, dass sich der Tee wieder von mir verabschieden wollte. Reisende sollte man ja bekanntlich ziehen lassen. Danach sah ich in den kleinen Spiegel über dem Waschbecken. Oh nein! Meine Haare hatten exakt die gleiche Frisur wie zu Hause, als mich mein Schminkanfall gepackt hatte. Von meinem Kopf standen unzählige Palmen-Antennen ab. Nur mit dem feinen Unterschied, dass ich diesmal gar keine Haargummis trug. Ich verstand Raffael wirklich nicht. Warum wollte er immer noch Zeit mit mir verbringen, obwohl ich nichts ausließ, um von mir ein Bild des Schreckens zu hinterlassen? Mit dem musste doch was nicht in Ordnung sein. Ich verließ das Bad und kratzte mich auf dem Kopf.

Dann warf ich mich wieder auf Johannas Bett und glotzte nach oben gegen die Decke. Ich konnte gar nichts dagegen tun, mein ganzes Gesicht formte sich zu einem überdimensionalen Grinsen. Ich strahlte wie ein Honigkuchenpferd. Immer doller. Ich schnappte mir die Bettdecke und nahm sie in den Arm. Ich wiegte mich samt der Decke immer wieder von einer Seite auf die andere und grinste dabei bis zu den Ohren. Ich fühlte mich wie verzaubert. Als würde ich auf Zuckerwatte liegen, ganz ohne Sekt. Mich schüttelte es, als ich an den Sekt dachte. Und dann war ich wieder verzaubert. Aber mir war auch so warm. Ich fasste an meine Stirn. Nicht, dass ich noch krank wurde.

Ich weiß nicht, wie lange ich so dalag. Es fühlte sich lange an. Irgendwann bekam ich aber so großen Hunger, dass mein Magen grummelte. Deshalb futterte ich erstmal meine mitgebrachten Kekse und trank einen Orangensaft. Ich war ja schließlich zu Besuch und traute mich nicht, mir von dem Brot zu nehmen, das in einem Korb in der Küche lag. Danach entwirrte ich meine Haare und ging duschen. Ich überlegte erst, das später zu Hause zu tun, aber angesichts meiner entglittenen Optik entschied ich mich dann doch, mich hier frisch zu machen. Jeden Schritt, den ich tat, tat ich anders als sonst. Ich fühlte mich, als wäre ich in eine wärmende Wolldecke gehüllt. Mein ganzer Körper war innen drin mit warmen Sonnenstrahlen ausgefüllt.

Bei mir schrillten alle Alarmglocken, dass sich da eine böse Grippe anschleichen wollte. Ich kannte meinen Körper gut. Diese Hitze war ein sicheres Zeichen für eine saftige Erkältung. Nur gut, dass ich vorsorglich schon mal Tee getrunken hatte.

Als ich frisch frisiert war, machte ich schnell Johannas Bett. Ich stellte jetzt erst fest, dass, wer auch immer, mir nicht mein eigens mitgenommenes Bettzeug gegeben hatte. Und ich glaubte fest daran, mir meinen Schlafanzug selbst angezogen zu haben. Man musste sich ja nicht an alles auf dieser Welt erinnern! Ich sah mich um. Mein verschnürtes Bettpaket stand unberührt in der Ecke des Schlafzimmers, in die wir gestern auch all meine anderen Reise-Utensilien verstaut hatten. Ich setzte mich auf die Bettkante. Wie spät war es eigentlich? Sechzehn Uhr fünfzehn. Ich dachte an mein Zuhause und hüstelte ein wenig. Ich sah meine stille, ordentliche Höhle vor mir, die mich gleich erwarten würde, sobald ich ein Taxi gerufen hatte.

Wann kam denn Johanna von der Arbeit? Ich kannte ihre Arbeitszeiten gar nicht. Ich riss mich aus meinen Gedanken und wollte nun endlich ein Taxi bestellen. Mit einer Grippe war nicht zu spaßen. Ich ging in den Flur und suchte nach dem Telefon. Denn da gehörte für mich ein Telefon hin. Und tatsächlich stand es dort auf einem kleinen Regal. Mich überrollte eine Hitzewelle. Ich wusste gar nicht, wo ich hier war! Wie hieß die Straße, in der Raffael wohnte?

Hektisch begann ich, mich nach einem Telefonbuch umzusehen. Aber ich konnte keins finden. Dann kam mir eine Idee. Ich wählte die Nummer eines Taxiunternehmens. Die konnte ich auswendig. Dann versuchte ich, der Dame am Telefon zu erklären, dass ich in der schrecklichen Lage war, an einer sehr seltenen Krankheit zu leiden. Mein Gehirn konnte keine Straßennamen speichern, auch wenn sie noch so einfach waren, oder ich sie ständig wieder auswendig lernte. Eine teuflische Sache, aber leider nicht heilbar. Dann wartete ich gespannt ab. Die Dame am anderen Ende der Leitung war etwas verwundert, verlangte dann aber meinen vollständigen Namen. Sie dachte wohl, ich wäre zu Hause und wollte im Telefonbuch nachschauen. Hm. Rosalie Kuchenbäcker wäre da jetzt ein wenig unpassend gewesen. Ich kniff die Augen zusammen und sagte leise:

»Raffael Wolke« und betete, dass sie nicht dachte, was ich dachte. Es sah ja doch schon sehr nach einem One-Night-Stand aus. Meine Wangen glühten. Die Dame in der Telefonzentrale kicherte und bestätigte mir nach einigen Sekunden meinen Aufenthalt:

»Am Himbeerstrauch elf«, sagte sie triumphierend.

Diesen Straßennamen würde ich in meinem ganzen Leben nicht mehr vergessen, dachte ich. Ich bedankte mich sehr freundlich. In fünfzehn Minuten wollte die Taxi-Dame mir dann einen Wagen vorbeischicken. Geschafft!

Ich stellte all mein Reisegepäck draußen direkt vor Johannas Haustür. Ich hoffte, dass mir der Taxifahrer helfen würde, alles einzuladen. Dann zog ich die Tür zu und nahm den Schlüssel, um ihn bei Raffael abzugeben. Er sagte ja, dass ich ihn im Obergeschoss finden würde. Als ich über den Innenhof in Richtung Terrassentür ging, sah ich, dass vor der Scheune die beiden Angstmacher an einem Haken am Mauerwerk angebunden waren. Zwei Personen waren dabei, die Viecher sauberzumachen. Sie schrubbelten mit Bürsten auf den riesigen Pferderücken herum. Ich erkannte die mutigen Putzteufel. Sie waren auch auf der Party, aber ihre Namen fielen mir nicht ein. Ich huschte schnell nach drinnen ins Wohnzimmer. Sie schienen mich nicht bemerkt zu haben. Im Moment verbogen sie gerade ihre Körper, um die dicken Bäuche der Angstmacher zu polieren. Ich ging durch in den Flur. Ich wollte eben die Treppe hinauf, als ich an der Haustür Stimmen hörte. Ich schlich mich zur Garderobe und versteckte mich dahinter. Raffael verabschiedete gerade eine Frau Berger. Die Haustür klappte, und ich sprang hinter der Garderobe hervor, direkt Raffael entgegen.

»Hallo«, rief ich locker flockig. Raffael zuckte erschrocken zusammen. Ich ließ mich davon nicht beirren.

»Mein Taxi kommt gleich. Ähm, und in deinem Garten machen zwei von der Party deine Pferde sauber.«

Dann streckte ich Raffael Johannas Schlüssel entgegen. Er lachte mich an.

»Ja, Carmen und Alex. Die Pferde gehören ihnen, sie haben sie nur bei mir untergestellt.«

Aha, okay, dachte ich, zum Glück gehörten sie nicht Raffael.

»Wo ist dein Gepäck?«, fragte er.

Ich erklärte, dass es noch an der Tür stand, und Raffael machte sich sofort auf, es zu holen. Mich dirigierte er raus auf die Auffahrt, um das Taxi in Empfang zu nehmen. Als der Wagen dann kam, verluden die Männer mein Gepäck. Das war toll. Ich stand einfach daneben und sah ihnen zu. Und ich gab ihnen noch den kleinen Hinweis, dass ich mein Bettzeug mit in den Innenraum des Autos nehmen wollte, damit es im Kofferraum nicht schmutzig wurde. Ich stellte mir vor, dass das Taxi vielleicht mal für den Transport einer Leiche genutzt wurde. Man wusste ja nie!

Raffael kam dann zu mir und sah mich an.

»Ich möchte dich schnell wiedersehen«, sagte er.

Mich ummantelten gefühlte zehn Wolldecken. Die ersten Anzeichen von Fieber. Raffael kam mit seinem Gesicht ganz dicht an mich heran und gab mir den Anflug eines Kusses auf die Wange. Ich erstarrte, und er hielt einen Moment mit seinem Gesicht an meiner Wange inne. Ich konnte nichts mehr sagen und flutschte schnell an Raffael vorbei ins Taxi, während ich demonstrativ hustete. Ich drehte mich nicht mehr zu ihm um, als der Taxifahrer mich über die Kieselsteine meiner Höhle entgegen steuerte. Die ganze Fahrt über sagte ich kein Wort und sah aus dem Fenster. Ich dachte, Rosa, was passiert da bloß mit dir... Ich war besorgt um mich und ging in Gedanken meinen Medizinschrank im Bad durch.

Der freundliche Taxifahrer brachte mir mein Gepäck bis in den vierten Stock direkt vor meine Haustür. Da war ich wieder. In meinem aufgeräumten Leben. Nachdem ich mir einen dicken Schal um den Hals geschlungen hatte, packte ich meinen Koffer aus und brachte alles wieder an Ort und Stelle. Ich hatte ja nicht viel benutzt von dem, was ich eingepackt hatte. Ich faltete mein Bettzeug wieder auseinander und legte es schön ordentlich auf mein Bettchen. Ich sah auf meine Tafel der Schrecklichkeiten an der Wand. Ich hatte unsagbar viel nachzutragen. Aber dazu hatte ich gar keine Lust. Ich ging in die Küche. Auf dem Weg dorthin bemerkte ich im Spiegel, dass ich schon ganz glasige Augen bekam. Ich erwartete einen heftigen Schnupfen. Ich setzte mir einen Tee auf. Das erinnerte mich an Raffael. Mit einer Wolldecke wurschtelte ich mich auf mein Sofa im Wohnzimmer, umklammerte meinen warmen Becher und sah einfach nur aus dem Fenster. Ich erwartete die anstehende Grippe. Mittlerweile fühlte ich mich schrecklich. Das warme Gefühl verwandelte sich in elendige Hitzewallungen. Ich wurde eindeutig krank. Ich erzählte mir laut mit freundlicher Stimme, dass schon alles wieder gut werden würde.

»Rosa«, sagte ich, »kein Wunder, dass du schlapp machst. Es war auch alles viel zu aufregend für dich in den letzten Tagen. Du wirst jetzt tapfer durchhalten und gesund werden, bis dein Urlaub zu Ende ist. Und dann kannst du wieder arbeiten gehen. Vergiß diesen Raffael. Du siehst doch, dass er dir nicht gut tut.«

Ich verkrümelte mich immer weiter unter meine Wolldecke und wünschte mir, Raffael nie begegnet zu sein. Alles nur, weil ich zu feige war, Johanna abzuservieren.

Den Rest des Tages drömelte ich in meiner Wohnung herum und ergab mich meinem Schicksal. Um einundzwanzig Uhr wollte ich dann zu Bett gehen. Wer schlief, konnte nicht leiden. Ich kam gerade im Flur am Telefon vorbei, als es klingelte. Erschrocken nahm ich den Hörer ab. Vielleicht war es meine Mutter. Sie wusste bestimmt ein gutes Hausmittel für mich. Aber es war Johanna. Ich legte mich aufs Bett. Sie sprudelte mal wieder vor Begeisterung und plapperte ohne Punkt und Komma:

»Püppi! Ich dachte, du bist noch da, wenn ich von der Arbeit komme. Du hättest ruhig noch mal bei mir übernachten können. Ist doch viel schöner, als allein zu Haus. Wenn du willst, kannst du deinen ganzen Urlaub bei mir verbringen.«

Johanna schien wirklich auf eine Antwort zu warten. Aber ich überlistete sie. Ich sagte einfach nichts. Und dann konnte sie sich nicht länger bremsen und quatschte weiter drauflos:

»Du bist mir vielleicht ein Partykracher!« Johanna lachte lauthals. »Du kannst echt von Glück sagen, dass Raffael das alles so mitmacht. Zu süß, wie er dich ins Bett getragen hat. Wenn ich es nicht besser wüsste, könnte man glauben, dass er sich in dich verliebt hat.«

Ich horchte auf. Was wusste sie besser? Ich fragte:

»Wie meinst du denn das?«

Johanna tat ganz belanglos und berichtete:

»Neulich im Seestern, als du schon los warst, da hat Raffael mir erzählt, dass er seine Exfreundin Klara nicht vergessen kann, und dass er alle mit ihr vergleichen würde und so.«

Ich dachte, dass ich mich vorher schon schrecklich gefühlt habe, aber jetzt begriff ich, dass Schrecklichkeit keine Grenzen kannte. Mir war kalt und übel.

Johanna wechselte das Thema:

»Stell dir vor, Mike, weißt du, der von der Party, er hat

mich heute nach Feierabend besucht. Wir sind voll auf einer Wellenlänge. Und ich bin froh, dass ich mich mit Raffael schon so ausführlich über Marek ausgesprochen habe. Ich habe gar nicht mehr das Gefühl, dass er mein Leben noch beeinflussen kann. Ich glaube, Marek könnte mir jetzt sonst was versprechen. Ich würde nicht mehr zu ihm zurückgehen.«

Johanna wartete auf einen Kommentar von mir.

»Schön«, sagte ich.

Dann erzählte sie:

»Ich habe gar nicht das Bedürfnis, Mike von Marek zu erzählen. Das würde unsere tolle Stimmung auch nur stören. Weißt du, was wir vorhaben?«

Ich überlegte, aber mir viel nichts Schlüssiges ein.

»Nein?«, fragte ich deshalb nach.

»Halt dich fest!«, platzte es aus Johanna heraus.

Ich stützte mich vorsichtshalber mit einer Hand auf der Bettdecke ab und horchte.

»Mike und ich, wir wollen im nächsten Frühjahr einen eigenen Kinderhort übernehmen. Ist das nicht großartig? Wir sind beide so engagiert in unserem Job, dass wir uns durchaus zutrauen, so etwas zusammen hinzukriegen. Stell dir nur vor, wie toll es wäre, nicht mehr angestellt zu sein. Wir wären dann unsere eigenen Chefs!«

Gut — wenn man freiwillig so viele Kinder „anlocken" wollte, warum nicht. Ich war nur so mittelmäßig beeindruckt, stieß aber ein »Wow« aus, das erschien mir angemessen.

Dann schwärmte Johanna:

»Rosa, ich kann gar nicht glauben, wie sich alles auf einmal verändert.«

Ich zog eine Schnute.

»Ich auch nicht«, sagte ich. Und das meinte ich auch

wirklich so. Johanna fragte mich:

»Wann kommst du wieder her? Du musst unbedingt Mike besser kennenlernen.«

Hm. Nie wieder, wollte ich am liebsten sagen. Aber ich antwortete:

»Mal sehen. Demnächst. Ich bin krank, erst muss ich wieder gesund werden.«

Was sprach dagegen, Johannas Leben mit weiterzuverfolgen? Ich musste mich ja nicht direkt in Raffaels Nähe aufhalten. Johanna verabschiedete sich von mir. Ich hatte das Gefühl, dass sie am anderen Ende mit ihrem Telefon durch die Wohnung hüpfte. Wie schön für sie. Ich ging schlafen.

Am nächsten Morgen fühlte ich mich noch genau so schrecklich wie am Abend zuvor. Aber weder Husten noch Schnupfen wollten sich blicken lassen. Ich maß Fieber. Auch nichts. Oje, dachte ich. Es hatte mich richtig schwer erwischt. Meine Mutter sagte immer, dass die Erkältungen, die nicht richtig rauskamen, die schlimmsten waren. So trug ich eine Grippe in mir, die vielleicht ewig bleiben würde, weil sie den Ausgang nicht fand. Ich nahm mir vor, heute Mittag Spezialärzte abzutelefonieren, die mich in eine Spezialklinik einweisen konnten.

Ich sammelte meine letzten Kräfte und baute mir in meinem Schlafzimmer ein Krankenlager. In der Küche schmierte ich mir einen ordentlichen Stapel Butterstullen und kochte eine große Kanne Tee. Aus dem Bad holte ich mir reichlich Taschentücher, das Fieberthermometer und etliche Grippe-Medikamente. Dann stellte ich eine Schüssel mit kaltem Wasser ans Bett und legte einen Waschlappen und Handtücher dazu. Für Wadenwickel gegen das in mir schlummernde Fieber. Zu guter Letzt zupfte ich drei frische karierte Schlafanzüge aus dem Schrank, die ich heute in regelmäßigen Abständen wechseln wollte. Wegen der Bazillen. Für den Notfall legte ich mein Telefon ans Bett, daneben einen Zettel, auf den mir meine Mutter mal wichtige Notrufnummern notiert hatte. Die Erkältung konnte nun kommen. Ich war vorbereitet. Ich legte mich aufs Bett und wartete.
Aber so richtig wollte nichts passieren. Mir wurde langweilig. Dann kam mir wieder die Idee mit der Zahnpasta

in den Sinn. Ich war mir sicher, dass nun langsam die Wahnvorstellungen durch das innere Fieber auftraten. Also konnte ich es wirklich einmal ausprobieren. So hatte ich vor mir selber wenigstens die Ausrede, in dem Moment nicht zurechnungsfähig gewesen zu sein. Ich stand auf. Ganz vorsichtig. Schließlich war ich durch die innere Erkältung geschwächt. Ich schlurfte ins Badezimmer und suchte in meinem Schränkchen unter dem Waschbecken nach der Zahnpasta, die ich bei Johanna benutzt hatte. Mit der angebrochenen Tube aus meinem täglichen Gebrauch zusammen könnte mein Experiment funktionieren, dachte ich.

Huuch, in meinem Schränkchen fand ich noch vier volle Tuben. Wunderbar! Ich sah noch einmal in den Spiegel und machte ein äußerst leidendes Gesicht. So wollte ich meine fiebrigen Wahnvorstellungen unterstreichen. Ich fühlte mich einfach besser, wenn ich nicht Schuld an meiner verkorksten Idee war. Eifrig drehte ich die erste Zahnpasta-Tube auf und begann, mit der Öffnung der Tube an den Fliesen entlangzufahren. So in Augenhöhe. Ich drückte mit den Fingern die Tube zusammen und quetschte so die Zahnpasta an die Wand. Das machte Spaß! Mit der anderen, freien Hand begann ich nun, meinen an der Wand hängenden Zahnpastawurm schön breit zu verschmieren. Systematisch arbeitete ich mich Fliese für Fliese vor. Als eine Tube leer war, nahm ich die nächste. Großartig. Matsche patsche, sabsch, sabsch. Die Zahnpasta quoll zwischen meinen Fingern hindurch. Nach einer Weile hatte ich die komplette Wand, an der das Waschbecken hing, mit Zahnpasta eingeglibscht. Ich hatte mich exakt um den Spiegel herum über die Handtuchhalter bis hin zur Heizung am Fenster vorgearbeitet. Alle Tuben waren aufgebraucht. Ein wahres Kunstwerk, fand ich. An der Stelle, an der ich angefangen hatte, begann die Paste schon anzutrocknen. Es bildeten sich dreidimensionale, bröckelige Muster. Sehr schön! Ich öffnete den Toilettendeckel und setzte mich hin. So konnte ich die nun auch langsam verkrustende Zahnpasta von meinen Fingern pulen und die Krümel gleich unter mir entsorgen. Das war für mich Putz-System in Perfektion. Diese Erfahrung hatte sich als „Erfahrung" wirklich gelohnt.

Es klingelte an der Tür. Diesmal war ich überhaupt nicht erschrocken. Ich erklärte mir das Klingeln so, dass ich aufgrund meiner inneren Fiebrigkeit nicht mehr erinnerte, dass ich die Spezialärzte schon angerufen hatte. Und deshalb war ich jetzt sogar froh, dass man mich für die Spezialklinik abholen wollte, um mich endlich von der schrecklichen Grippe zu befreien. Ich hüpfte vom Klo und öffnete strahlend die Haustür.

Raffael! Was wollte der denn hier? Ich spähte um ihn herum in den Hausflur, konnte aber keine Ärzte entdecken.

»Hey, darf ich reinkommen?«, fragte er.

Ganz schlechter Zeitpunkt, dachte ich. Raffael versuchte es noch mal.

»Johanna hat mir erzählt, dass du krank bist. Ich wollte nur mal nach dir sehen. Alles okay?«

Ich erklärte ihm, dass ich gestern eine sehr starke Erkältung bekommen hatte. Raffael sah mich skeptisch an und stellte dann fest:

»Wirklich? Das hört man gar nicht. Du siehst eigentlich auch ganz fit aus.«

Ich pulte an der Zahnpasta an meinen Fingern und flüsterte ihm zu:

»Unterirdisch.« Ich nickte mit dem Kopf und machte einen wissenden Gesichtsausdruck. Raffael sah mir zu, wie ich meine Finger bearbeitete. Dann fing er an zu lachen. Ohne Vorwarnung kam er auf mich zu, schob mich an den Schultern weiter in meinen Flur zurück und sah sich um. Er tippte mit den Fingern gegen die angelehnte Badezimmertür auf der linken Seite meiner Wohnung. Raffael sah durch die Tür und schob mich, immer noch an den Schultern, vor sich her zum Waschbecken. Dort parkte er mich, blieb hinter mir stehen und langte an mir vorbei zum Wasserhahn. Er drehte den Hahn auf und steckte meine Hände unter das fließende Wasser. Dann nahm er sich aus meinem Seifenspender eine kirschgroße Portion flüssige Pfirsichseife und schrubbelte mir die Zahnpasta von den Fingern. Ich beobachtete ihn dabei im Spiegel und sah, wie sein Blick an der zahnpastaverschmierten Wand entlang streifte. Er hatte wieder dieses ansteckende Grinsen im Gesicht. Im Spiegel fing er meinen Blick auf und sah mich lange an.

Währenddessen schlang er von hinten seine Arme um meine Taille, beugte sich ein wenig vor und legte seinen Kopf auf meine Schulter. Ich versuchte aus meiner umschlungenen Lage mit einer Hand den Handtuchhalter zu erreichen, um mich abzutrocknen. Raffael schien es nichts auszumachen, seine nassen Hände an meinem Schlafanzug trockenzudrücken.

Oh doch! Er griff jetzt nach dem Handtuch. Aber anstatt sich auch abzutrocknen, drehte er mich zu sich um und legte das zu einer Wurst zusammengeknautschte Handtuch über meinen Kopf hinweg in meinen Nacken. Die Enden hielt er weiter fest. Ich sah Raffael verständnislos an. Aber er schien zu wissen, was er tat. Er zog mich, als würde er mich eingefangen haben, an den

Handtuchenden zu sich heran. Dann machte er seine Augen zu, bekam einen total friedlichen Gesichtsausdruck und platzierte seine Lippen ganz weich auf meinen.

Alarmstufe rot! Egal, von wem die Bazillen der Erkältung nun ausgingen, man sollte sie auf keinen Fall immer weiter verbreiten! Ich tippte mit dem Zeigefinger auf Raffaels Schulter, um anzudeuten, dass ich ihm von der Ansteckungsgefahr berichten wollte. Aber was machte er? Griff nach meiner Hand mit dem tippenden Finger, hielt sie fest und bot den Bazillen erst Recht freie Bahn! Er küsste mich richtig. Also so richtig richtig. Mir wurde kochend heiß. Das innere Fieber hatte den Ausgang gefunden. Ich war erleichtert. Jetzt konnte ich handeln. Raffael war derweil fertig mit Küssen und sah mich an. Umgehend fragte ich ihn:

»Kannst du mir kalte Wadenwickel machen? Mein Fieber ist ausgebrochen.«

Ohne dass er antworten konnte, ging ich schnell ins Schlafzimmer und legte mich aufs Bett. Zum Glück stand schon alles für meine Genesung bereit. Raffael kam mir hinterher und besah sich mein Krankenlager. Er studierte auch meine Tafel der Schrecklichkeiten an der Wand. Mist, ich war nicht schnell genug, um meine Notizen abzuwischen, als er mir folgte. Ich hielt Raffael die Schüssel mit dem kalten Wasser hin. Tatsächlich setzte er sich auf die Bettkante und tränkte ein Handtuch mit kaltem Wasser. Er wrang es vorsichtig über der Schüssel aus und streifte meinen Schlafanzug hoch, dass meine Unterbeine – sagt man Unterbeine? – frei lagen. Sorgsam umwickelte er dann alles zwischen Knien und Füßen und legte noch ein trockenes Handtuch unter, um das Bett vor Nässe zu schützen. Er war ein guter Krankenpfleger. Aber was machte er dann? Ich war doch schon gut versorgt, warum tauchte er noch ein Handtuch in die Schüssel?

Raffael ging mit dem nassen Handtuch um mein Bett herum, zog seine Schuhe aus und legte sich auf die freie Seite neben mich. Routiniert, als würde er jeden Tag Wadenwickel machen, schob er seine Jeans bis zu den Knien hoch und verpackte auch seine Beine mit dem nassen Handtuch. Er legte sich zurück in die Kissen und beobachtete mich. Ich runzelte die Stirn.

»Bist du auch krank?«, fragte ich skeptisch.

»Jaaaaa«, antwortete Raffael ganz langgezogen und beinahe singend. Er grinste schon wieder.

»Oh«, stieß ich aus.

Raffael erklärte mir:

»Ich habe auch Fieber. Und Bauchweh. Und übel ist mir auch. Und mein Herz rast, und meine Knie zittern. Und das alles immer abwechselnd.«

Erstaunt riss ich die Augen auf.

»Wirklich?«

Raffael zog mich in seinen Arm. So, dass ich meinen Kopf auf seine Brust legen musste. Ich wusste nicht wohin mit meinen Händen, also faltete ich sie wie zum Gebet. Dann sagte Raffael:

»Das ist die schönste Krankheit der Welt.«

Der ist verrückt, dachte ich. Und dann dachte ich, wenn man uns von der Zimmerdecke aus hier liegen sah, mussten wir aussehen, wie ein großes „T" und ein kleines „t" nebeneinander.

Ich bekam erneut einen Fieberschub. Trotz der Wadenwickel. Ich fragte ihn:

»Und du tust nichts gegen deine Krankheit? Willst du nicht wieder gesund werden? Es ist doch auch gefährlich,

Fieber zu haben.«

Raffael malte mit seinem Zeigefinger einen Kreis auf meine Wange.

»Sehr gefährlich«, sagte er leise und malte eine Schlangenlinie. Fast flüsternd fragte er mich:

»Aber ist es nicht auch ein bisschen schön?«

Bei mir bahnten sich Herzrhythmusstörungen an. Ich hielt die Luft an und sagte nichts.

Ich musste ja auch nicht antworten. Unterhaltung ging auch, wenn einer erzählte und der andere zuhörte. Ich atmete dann doch lieber weiter. Raffael erhob sich mit dem Oberkörper ein wenig vom Bett und zog seinen Arm unter mir heraus. Ich flutschte mit dem Kopf ins Kissen. Dann drehte Raffael sich seitlich zu mir und stützte sich mit seinem Ellenbogen aufs Bett. Mit dem Fuß streifte er sich das nasse Handtuch von den Beinen. Er sah mich schon wieder so offen und direkt an wie in Johannas Wohnung. Ich hatte das Bedürfnis zu hyperventilieren, konnte mich aber unter Kontrolle bringen. Still bis zehn zählen half da immer. Ungefähr bei sieben begann Raffael schon wieder, mich zu küssen. Spontan entschied ich mich, weiter bis zwanzig zu zählen. Punktgenau waren wir zusammen fertig. Er mit Küssen und ich mit Zählen. Wenn das kein Zeichen war!

Aber Zeichen hin oder her, ich erinnerte mich an Johannas Worte am Telefon. Raffael wollte entweder seine Klara zurück, oder jemanden finden, der mit Klara identisch war. Das erste wollte ich nicht erfüllen, und das zweite konnte ich nicht erfüllen. Wie auch, ich kannte Klara ja gar nicht. Sonst hätte ich ja wenigstens versuchen können, ihr ähnlich zu sein. Aber so ohne Vorbild gestaltete es sich wirklich schwierig, Klara zu werden. Natürlich konnte ich mich heimlich auf die Suche nach ihr machen. Sie kennenlernen, studieren und dann nachahmen. Aber wo sollte ich anfangen, nach ihr zu suchen? Ich hätte auch Raffael fragen können, wie Klara so im Einzelnen war. Dann hätte ich mir ein Bild von ihr zusammenbauen können und langsam sie werden. Aber so richtig konnte ich mir nicht vorstellen, dass das klappte. Vielleicht besaß Raffael ein Foto von Klara. Ich konnte es ausborgen, zum Friseur und in eine Boutique gehen und wenigstens schon mal aussehen wie sie. Ich überlegte, wie ich das unauffällig formulieren konnte. Ich sprach Raffael an, der gerade eine Haarsträhne von mir immer wieder durch seine Finger flutschen ließ:

»Was ist mit Klara?«

Raffael sah mich fragend an und sagte:

»Ich habe dir doch gestern erzählt, wie es mit ihr auseinanderging. Was soll denn noch mit Klara sein?«

Plötzlich war mir das Foto gar nicht mehr so wichtig. Es schoss aus mir heraus:

»Johanna hat mir alles erzählt!«

Raffael drehte sich abrupt von mir weg und setzte sich auf die Bettkante.

»Und was ist alles?«

Bei dem Wort „alles" malte er mit den Zeige- und Mittelfingern Gänsefüßchen in die Luft. Ich setzte mich auch auf und wurschtelte meine Handtücher von den Beinen. Sie waren mittlerweile eiskalt. Hoffentlich bekam ich davon jetzt keinen Schnupfen! Bitte nicht, dachte ich. Dann konterte ich ebenfalls mit fliegenden Gänsefüßchen:

»Was wohl?«

»Ja«, sagte Raffael, »was?«

Er hatte bestimmt nicht mehr den Mut für erneute Gänsefüßchen.

Ich erzählte ihm, dass es Johanna unmöglich erschien, dass Raffael mich mögen könnte. Eben wegen diesem Klara-Ding. Raffael versuchte sich zu rechtfertigen:

»Rosa, ich habe Johanna aus meinem Leben erzählt. In den zwei Jahren, seit Klara weg ist, ging es mir tatsächlich so, dass ich mich immer wieder an sie erinnert habe. Und ich habe auch niemanden mehr gefunden, mit dem ich mir etwas vorstellen konnte.«

Ich streckte meine Handinnenflächen aus:

»Sag ich doch.«

Raffael rutschte ein bisschen dichter an mich heran und nahm meine Hände in seine. Ich zog sofort meine Hände weg und fuchtelte hektisch mit ihnen in der Luft herum. Trotzdem sagte Raffael jetzt ganz ruhig:

»Als ich Johanna das gesagt habe, hatte ich dich gerade drei Minuten gesehen, und zwei Minuten davon saßt du auf dem Fußboden. Mit Fisch, Salat und Reis und alledem. Und dann bist du sofort gegangen. Aber sogar da wusste ich schon, dass ich dich wiedersehen muss. Kannst du dir nicht vorstellen, dass ich Johanna das nicht gleich unter die Nase reiben wollte?«

Ich sagte gar nichts mehr. Ich war ja sowieso eher ein Freund von Unterhaltungen, in denen ich nur zuhörte. Raffael begann noch mal, sich zu erklären:

»Ich wäre doch sonst nicht hier. Ich würde dich nicht küssen, wenn ich es nicht so meinen würde. Ich hätte dich dann auch nicht ins Bett getragen, nachdem du mich... du weißt schon.«

Seine Stimme wurde leiser:

»Ich fühl' mich gut, wenn du bei mir bist.«

Wieder sah Raffael mich so direkt an. Aber seine Augen strahlten gar nicht so wie sonst. Sie hatten etwas Trauriges im Blick. Ich blieb dabei — kein Kommentar! Er hatte mich sowieso schon angelogen. Denn eben sagte er, dass er sich bei mir gut fühlte, und vorhin ist er angeblich noch ach so krank gewesen. Wer einmal lügt…

Stumm stand ich auf und hob die nassen Handtücher vom Boden auf. Ich machte den Kleiderschrank auf, holte meinen Wäscheständer heraus und klappte ihn auf. Dann fing ich an, die Handtücher schön akkurat zum Trocknen aufzuhängen. Raffael meldete sich noch mal vom Bett:

»Rosa, das ist nicht dein Ernst, oder?«

Ich schwieg beharrlich. Wie gesagt: Reden wurde aus meiner Sicht gänzlich überbewertet. Raffael kam zu mir herüber an den Wäscheständer. Er legte seine Hand ganz weich an meinen Hals und sah mich an. Aber er sagte nichts. Wenn er jetzt auch noch aufhörte zu reden, dann fiel es sogar mir schwer, das noch Unterhaltung zu nennen. Raffael zog seine Hand wieder von meinem Hals weg und ging hinüber ans Schlafzimmerfenster. Er stützte sich mit den Händen auf die Fensterbank und sah nach draußen. Ohne sich zu mir umzudrehen, fragte er:

»Wollen wir irgendwo was Essen gehen?«

Oh, unsere Konversation war doch nicht abgebrochen. Ich blickte zu meinem Wecker. Es war schon gleich vierzehn Uhr. Ich hatte heute nicht mal gefrühstückt, weil ich ja dachte, ich wäre unsagbar krank. Kranke essen nicht. Aber jetzt hatte ich auch schon wirklich einen kräftigen Appetit. Ich ging an mein Bett und hob die Plastikschale mit meinen heute Morgen vorbereiteten Butterstullen hoch. Eifrig ging ich zu Raffael ans Fenster, hielt sie ihm hin und nickte ihm gut zu. Raffael grinste. Wie schön, endlich mal wieder. Aber haben wollte er meine Stullen trotzdem nicht.

»Komm, zieh dich an!«, forderte Raffael mich auf.

»Kennst du das „Mia"?«

Ich zuckte mit den Schultern. Kannte ich nicht. Was sollte das sein? Dann fragte er:

»Italienisch? Magst du italienisch?«

Ich ließ wieder meine Schultern hüpfen. Raffael beschloss:

»Da fahren wir jetzt hin.«

Wortlos sammelte ich frische Kleidung aus meinem Schrank und ging duschen. Während ich das Wasser an mir herunterlaufen ließ, überlegte ich mir, dass es mit dem Schweigen gar keine so schlechte Idee war. Ich stellte mir vor, dass ich wirklich mit Raffael zusammen wäre. Dann dachte ich, es konnte ja immer mal sein, dass man, aus welchen Gründen auch immer, seine Stimme verlor. So richtig und für immer. Was wäre dann? Würde er mich dann immer noch haben wollen? Das musste ich heute unbedingt testen. Ich beschloss, den ganzen Tag kein einziges Wort mehr zu sagen. Dann würde ich schon sehen, wie Raffael sich verhalten würde, wenn ich stumm wäre.

Als ich aus dem Bad kam, hörte ich im Wohnzimmer den Fernseher laufen. Ich stellte mich vor den Flurspiegel und machte mich weiter ausgehfertig. Da wir ja Essen gingen, wählte ich heute eine weiße Bluse, aber eine andere, als die neulich im Seestern. Die Fettflecken meiner Lebensmitteldekoration waren einfach nicht mehr rausgegangen. Dann stellte ich mich auf die Fußmatte an der Haustür und zog meine Stiefel an. Fast hätte ich gerufen, dass ich fertig war. Aber das ging ja nicht. Also klopfte ich mit der Faust kräftig gegen meine Haustür. Ich hätte auch ins Wohnzimmer gehen können, um Raffael ein Handzeichen zu geben, aber ich hatte ja schon Schuhe an. Als Folge meines energischen Klopfens ging der Fernseher aus, und Raffael kam zu mir in den Flur. Er sah an mir herunter und sagte:

»Du siehst toll aus«, dabei strahlte er mich an.

Ja, ich konnte, wenn ich wollte. Wir gingen runter zu Raffaels Wagen. Seine Laune schien sich gebessert zu haben. Dynamisch schwang er sich zur Beifahrertür und machte sie für mich auf. Dann streckte er mir seine Hand hin. Es war gar nicht so einfach, mit meinem Rock einigermaßen grazil in diesen Pick-up zu steigen. Der Sitz war ziemlich hoch. Aber mit Raffaels Hilfe kam ich ganz gut auf meinen Platz. Er klappte meine Tür zu, ging vorne um den Wagen und stieg auf seiner Seite ein. Bei ihm sah das irgendwie lässiger aus. Raffael startete den Pick-up, und der Motor blubberte kraftvoll vor sich hin. Wir fuhren ein Stückchen über Land.

»Willst du heute gar nicht mehr reden?«, fragte Raffael irgendwann.

Ich war stolz auf ihn. Er war in der Lage, meine Gedanken zu lesen. Welche Frau konnte das schon von ihrem Mann behaupten? Ich schwieg weiter und fühlte mich unfassbar gut. Unser Gespräch brach dann leider wieder ab.

Kurz darauf bogen wir mit dem Pick-up auf einen kleinen Parkplatz ab. Dahinter befand sich das Restaurant „Mia". Es hatte kleine, braun getönte Butzen-Scheiben und dahinter rot karierte Gardinen. Das ganze Haus sah von draußen schon irgendwie verträumt aus. Als wir dann hineingingen, bestätigte sich mein erster Eindruck noch. Was ich allerdings nicht verstand, war, weshalb es hier drinnen so dunkel war. Wir hatten doch helligten Tag, und hier brannten überall kleine Lämpchen, die nur Schummerlicht abgaben. Was war das für eine Energieverschwendung! Hätten sie klares Fensterglas verwendet, hätten sie das Problem mit der Dunkelheit hier drinnen nicht. Die im Seestern dachten da wirklich wirtschaftlicher. Ich wollte einen günstigen Moment abwarten, um das dem Chef des Lokals zu sagen. Aber dummerweise ging das heute nicht, weil ich ja nicht sprach. Wir mussten unbedingt noch mal herkommen.

Raffael führte mich an einen Tisch in einer kleinen, abgelegenen Nische des Gastraumes. Wortlos setzten wir uns hin, und es dauerte nicht lange, bis ein Kellner zu uns an den Tisch kam. Er begrüßte Raffael überschwänglich, und dann gab er mir sehr schwungvoll die Hand und sang irgendetwas auf Italienisch. Ich machte ein freundliches Gesicht. Dann gab er uns zwei Speisekarten und fragte, was wir trinken wollen. Der Kellner sah mich erwartungsvoll an. Ich blickte hilfesuchend zu Raffael. Niemand auf dieser Welt brauchte auch nur daran zu denken, dass ich mein Schweigen brach, weil ein Fremder mit mir reden wollte. Pah!

Zum Glück reagierte Raffael zügig und bestellte für mich ein Wasser und für sich ein Radler. Das machte er ausgezeichnet. Der Kellner zog ab, um die Bestellung aufzugeben. Raffael sprach mich an, endlich mal wieder. So ganz ohne Unterhaltung war es ja auch blöd.

»Das ist Luigi, ihm gehört das „Mia". Seine kleine Tochter Mia Valentina nimmt bei mir Unterricht. Sie ist erst fünf und schon richtig gut am Klavier.«

Ah, ich tat sehr interessiert. Kinder waren nicht so meins. So oft, wie ich Urlaub auf dem Mond machte, hatte ich Kontakt zu Kindern. Ich wusste aber, dass sie nicht gut im Putzen und Aufräumen waren. Sie passten einfach nicht zu mir. Raffael klappte seine Speisekarte auf und suchte darin herum. Ich tat dann das gleiche mit meiner. Langsam wurde ich unruhig und fing an, auf meinem Stuhl herumzuwibbeln. Ich konnte meine Seezunge nicht finden. Hektisch blätterte ich immer wieder von vorn nach hinten und zurück. Aber nichts. Es gab eine Seite mit Fisch, aber keinen, den ich kannte. Mir wurde heiß. Hatte ich doch Fieber? Es konnte nicht mehr lange dauern, bis uns die Getränke gebracht wurden. Und dann musste ich mit meiner Wahl fertig sein. Also noch mal von vorn. Gleich auf der zweiten Seite blieb ich an der Liste mit Pizzen hängen. Ich erspähte eine Pizza Margherita. Gott sei Dank. Die kannte ich. So eine hatte ich eigentlich immer bei mir zu Hause im Gefrierfach. Puh, Glück gehabt, dachte ich und schob Raffael die Speisekarte rüber. Ich zeigte mit dem Finger auf meine lebensrettende Margherita, nun konnte der Kellner kommen. Und tatsächlich wirbelte Luigi in diesem Moment um die Ecke und lud unsere Getränke von seinem Tablett auf unseren Tisch. Dann brabbelte er wieder irgendwas Italienisches und hantierte mit seinem Schreiber in der Luft herum. In der anderen Hand hielt er einen kleinen Notizblock. Er wartete auf unsere Essensbestellung. Raffael erzählte Luigi, dass ich mich für eine Pizza Margherita entschieden hatte und bestellte für sich eine Speise mit italienischem Namen, die ich nicht einordnen konnte. Dazu einen Salat, das verstand ich wieder. Tänzelnd verschwand Luigi, nachdem er sich euphorisch bei uns bedankt hatte. Für was auch immer…

Raffael und ich sahen uns schweigend an. Ich überlegte, warum er heute so viel Zeit hatte. Normalerweise gab Raffael doch tagsüber Klavierstunden. Hm, fragen konnte ich ihn nicht. Aber ich wollte versuchen, ihm mit Zeichensprache verständlich zu machen, was ich von ihm wissen wollte. Ich streckte meinen Zeigefinger in die

Höhe, um ihm zu verdeutlichen, dass er jetzt schön auf-
passen sollte. Dann zeigte ich auf ihn, machte einen fra-
genden Gesichtsausdruck und wackelte ein wenig mit
dem Kopf hin und her. Währenddessen streckte ich meine Handinnenflächen vor und ließ sie im Takt meines
Kopfes wackeln. Ich zeigte erneut auf Raffael und tippelte
mit den Fingern auf der Tischkante, als würde ich Klavier spielen. Dann kam wieder meine Kopf- und Hand-
wackel-Figur. Raffael beobachtete meine Gesten wach-
sam. Ich zeigte wieder auf Raffael, dann klopfte ich auf
meine Armbanduhr, und dann öffnete ich meine Arme
ganz breit, um viiiiel Zeit zu erklären. Dann wieder die
Kopf-Handwackel-Figur. Raffael schien zu verstehen,
was ich wissen wollte. Denn er streckte jetzt auch seinen
Zeigefinger nach oben. Er schüttelte den Kopf und
machte mit der Hand eine abwinkende Bewegung.

Oh, Luigi kam an unseren Tisch und brachte Brot, ein
Schälchen mit einer Creme und Besteck. Diesmal sagte
er gar nichts. Als er wieder ging, klopfte er Raffael ein
paar Mal mit der Hand auf die Schulter. Dass man hier
auch nie seine Ruhe hatte, dachte ich. So − weiter. Ich
wollte mich wieder voll auf Raffaels Zeichen konzentrieren. Aber er hatte wohl keine Lust mehr. Denn er fing
wieder ganz normal an zu sprechen:

»Ich gebe heute keinen Unterricht. Silly, weißt du, die
Rothaarige von meinem Geburtstag, sie benötigt jeden
Donnerstag meine Scheune für ihre Zeichenkurse. Und
die Teilnehmer fühlen sich durch das Üben meiner
Schüler in ihrer Kreativität gestört.«

Raffael lachte. »Die Anfänger erwischen ja doch oft fal-
sche Töne.«

Ah ja. Ich war skeptisch, ob Raffael für mich wirklich
Gebärdensprache erlernen würde, falls ich meine Stimme

verlor. Er gab doch sehr schnell auf. Unter Mühegeben verstand ich etwas anderes. Wenn er mit seinen Schülern auch so ungeduldig war…

Ich überlegte, was ich Raffael als Nächstes in Zeichensprache fragen könnte, während er ein Stück Brot mit dieser Creme aß. Aber mir fiel nichts ein.

Oh nein, nicht schon wieder Luigi! Er kam wohl schon gefühlte hundert Mal zu uns an den Tisch. Ein sehr aufdringlicher Gastgeber, fand ich. Was wollte er nun schon wieder? Er brachte unser Essen. Schwungvoll stellte er mir meine Margherita vor die Nase und dann Raffael sein Gericht und den Salat. Ich fing an, aus meiner Pizza eine kleine Ecke mit dem Messer abzusäbeln. Mit der Gabel erdolchte ich das lose Stück. Dabei schielte ich unauffällig auf Raffaels Teller. Sein Essen sah wirklich lecker aus. Und es roch köstlich. Ich erspähte ganz dünne Scheiben Fleisch. Wenn Raffael ein Stück abschnitt, sah es aus, als müsste er das Fleisch nur berühren, und schon teilte es sich von ganz alleine ab. Dann tauchte er es in eine Soße, die bestimmt oberlecker war. Ich entdeckte noch ein Häufchen Bandnudeln und knackfrisches, buntes Gemüse. Ich täuschte ein Hüsteln vor. Während ich mir die Hand vor den Mund hielt, hatte ich gut Zeit, noch genauer auf seinen Teller zu sehen. Ich verfolgte heimlich den Weg seiner nudelbehangenen Gabel in seinen Mund. Raffael sah zu mir auf. Schnell steckte ich mir ein Stück Pizza in den Mund und kaute hohl darauf herum. Ich trank einen Schluck Wasser. Ich konnte nicht anders, immer wieder musste ich verstohlen zusehen, wie Raffael dieses garantiert köstliche Mahl in seinem Mund verschwinden ließ. Er sah schon wieder zu mir. Ich fühlte mich davon extrem gestört. Jetzt grinste er mich an und legte sein Besteck auf die Serviette. Raffael griff nach meinem Teller mit der Margherita und zog ihn langsam aber bestimmt auf der Tischdecke zu sich hin. Vorbei an der kleinen Blumenvase und dem Gewürz-Ding in der Mitte des Tisches. Als er mit meinem Teller an seinem angekommen war, fasste er mit der anderen Hand an den Rand seines Tellers und schob ihn auf der anderen Seite der Blumenvase und des Gewürz- Dingens in meine Richtung. Tellertausch!

Ich war glücklich und strahlte Raffael an. Daraufhin schob er mir auch noch seinen Salat zu. Ich rieb mir die Hände und leckte mir über die Lippen. Jamm jamm, ich legte sofort los und futterte meine beiden neuen Teller leer. Beim nächsten Mal, wenn ich Luigi das mit der Beleuchtung sagen würde, musste ich unbedingt wieder dieses Gericht essen. Raffael schien meine Pizza aber auch zu schmecken. Jedenfalls sagte er nicht, dass es nicht so wäre.

Raffael fragte mich, ob ich noch etwas trinken wollte, als ich meine leeren Teller beiseiteschob. Ich schüttelte energisch den Kopf. In meinen Bauch passte gar nichts mehr. Dann lehnte Raffael sich ein wenig über die Tischkante zu mir vor.

»Meinst du, du könntest dir für Luigi wenigstens ein 'Tschüss und vielen Dank' abringen? Mit mir brauchst du ja nicht reden. Aber Luigi kann nun wirklich nichts dafür, dass du glaubst, dass ich immer noch Klara zurückhaben will.«

Klara, ach ja richtig! Mir ging es inzwischen längst um den Kurs in Gebärdensprache. Das konnte Raffael ja gar nicht wissen.

»Na gut«, flutschte es trotzig aus meinem Mund. Nun hatte ich doch etwas gesagt. Ich ärgerte mich über meine mangelnde Disziplin und nahm mir vor, mein Experiment ein anderes Mal fortzuführen.

Raffael rief nach Luigi, der dann mit der Rechnung an unseren Tisch kam. Ich hoffte, dass das heute die letzte Begegnung mit ihm war. Deshalb sagte ich auch direkt zu ihm:

»Tschüss und vielen Dank.«

Ich suchte in Raffaels Blick Bestätigung für meine guten Manieren. Vergeblich. Er kramte in seiner Geldbörse herum und besprach nebenher irgendwelche Klaviertermine mit Luigi. Raffael stand dann auf und umarmte ihn zum Abschied. Ich nutzte die Gelegenheit und huschte schnell an den beiden vorbei in Richtung Ausgang. Ich wollte mich nicht von einem Fremden umarmen lassen.

Draußen am Pick-up wartete ich dann auf Raffael. Ich hatte gerade die Autos auf dem Parkplatz fertig gezählt, da kam er auch schon aus dem „Mia" raus und steuerte geradewegs auf mich zu. Ich stand schon einsteigebereit an der Beifahrertür.

Aber anstatt mir wieder die Tür aufzumachen, schob Raffael mich mit dem Rücken gegen den Pick-up. Er nahm mein Gesicht in beide Hände und küsste mich. Wie aus dem Nichts! Ich war erschrocken. So erschrocken, dass ich gar nicht mehr die Möglichkeit hatte, mir in meinem kleinen, verrutschten Gehirn irgendetwas zurechtzubasteln, um die Zeit des Küssens zu überbrücken. Ich bekam den Kuss voll ab. Keine Chance, auszuweichen. Mein Herz raste, und mir wurde schwindelig. Dann war es vorbei. Raffael strich mir mit der Hand übers Haar und machte die Autotür für mich auf. Ich wankte hin und her. Ich hatte wirklich Schwierigkeiten, auf meinen Sitz zu gelangen. Alles drehte sich in meinem Kopf. Ich schnallte mich an und starrte nach vorne durch die Scheibe. Mittlerweile saß Raffael neben mir am Steuer. Wir machten uns auf den Rückweg. Vorhin war ich so wild entschlossen, nichts zu sagen. Aber jetzt war ich nicht in der Lage, nur ein einziges Wort herauszubringen, selbst wenn ich gewollt hätte. Ich fühlte mich wie schockgefroren. Mir kam das Bild eines nackten Tiefkühlhähnchens in den Kopf. Raffael war auch still. Er sagte den ganzen Weg kein Wort.

Irgendwann bogen wir mit dem Pick-up in den Kieselsteinweg ein. Ich hatte gar nicht bemerkt, dass wir die Straße zu Raffaels Hof nahmen. Wir waren da und stiegen aus. Als wir zur Hautür gingen, kamen uns auf dem Weg, der nach hinten in den Garten führte, sechs Frauen entgegen. Silly war auch dabei. Ich erkannte sie an ihren roten Haaren. Raffael ging kurz zu ihnen hin, begrüßte alle und umarmte Silly. Sie wechselten ein paar Worte. Ich konnte aber nicht verstehen, was sie sagten, ich stand zu weit weg. Ich kombinierte, dass das die Zeichenkurs-Tanten sein mussten. Ich stand da und wartete.

Mein Gehirn hatte mir gar nichts zu erzählen. Ich war komplett leer im Oberstübchen. Ich bekam Angst, dass ich meinen Verstand im wahrsten Sinne verloren hatte. Hoppla, Rosa, nu' is' er wech... So fühlte es sich an.

Raffael kam zu mir zurück, nahm mich an die Hand und ging voran zur Haustür. Er schloss auf und wir gingen durch in die Küche. Raffael machte uns einen Kaffee, und ich setzte mich an den Tisch. Wir sprachen immer noch kein Wort. Ich war komplett verwirrt. Ich wusste nicht mehr, ob ich eigentlich immer noch nicht sprechen wollte; ich verstand nicht, warum Raffael nichts mehr sagte. Ich hatte überhaupt kein Gespür für die Situation. Alles war offen. Hatte ich ihn womöglich doch verschreckt mit meinem Gebärdensprachetest? War das mein Abschiedskaffee? Ich musste irgendetwas tun. Diese Stille war mir unerträglich. Raffael nahm zwei Becher aus dem Schrank und schenkte den Kaffee ein.

»Milch?«, endlich sah er mich an.

Ich nickte. Ich konnte seinen Blick nicht deuten. Er war so, ja, so neutral.

»Spielst du mir was auf dem Klavier vor?«

Ich hörte mir selbst zu, als ich das sagte. Raffael lächelte.

»Gerne«, antwortete er.

Ich war erleichtert. Er drückte mir den Kaffeebecher in die Hand, und dann gingen wir im Flur die Holztreppe hinauf. Es knarrte und quietschte unter unseren Füßen. Oben sah es ganz anders aus, als ich erwartet hatte. Das ganze Obergeschoss war ein einziger offener Raum, der nur durch einige Holzbalken mit Querverstrebungen in verschiedene Bereiche unterteilt war. Es war überall sehr hell, denn es gab riesige Dachfenster, die in Augenhöhe einen normalen Griff zum Öffnen hatten. Aber unterhalb des eigentlichen Fensters gab es noch ein Glaselement, das nicht zu öffnen war. Ich dachte daran, dass im Winter aber viel Wärme verloren ging bei so großen Fensterfronten. Obwohl ich Raffael gern zu Sparmaßnahmen ermahnt hätte, erkannte ein Teil in mir auch die Schönheit dieses Raumes. Auf der linken Seite stand das Klavier. Dort befanden sich auch ein kleiner Tisch und zwei zugehörige weiße Sessel. Es gab ein Regal, in dem unzählige Stapel Papier, Hefte und Bücher lagen. Ich ging dichter heran und entdeckte, dass es alles Notenmaterialien waren. Ich nahm mir ein Blatt und betrachtete die einzelnen Noten darauf ganz genau. Ich fand sie niedlich. Sie hatten alle verschiedene Formen, und doch reihten sie sich alle auf diese Linien auf. Sie hockten dort, wie Vögel auf einer Stange. Keine einzige traute sich von oder zwischen den Linien weg. Und wenn doch mal eine herunterfiel, gab es nur für sie eine klitzekleine Extralinie, die sie auffing. Vorne, am Anfang der Vogelstangen saß so ein Schnörkelding, das auf alle Noten aufpasste. So konnten sie sich nicht verlaufen. Die Vögelchen waren so sicher und behütet auf ihren Stangen, dass mir ganz warm ums Herz wurde. Total verzückt sah ich mir die losen Blätter an, die den Noten ein Zuhause gaben. Ein Blatt gefiel mir ganz besonders. Die Anordnung der kleinen, schwarzen Vögelein empfand ich als großartig. Ich weiß nicht warum, aber sie ergaben für mich ein Bild der Perfektion. Raffael kam zu mir und beobachtete mich.

»Gefällt dir das?«, fragte er leise.

Ich konnte meinen Blick gar nicht von dem Papier lösen.

»Ja«, schwärmte ich, »kannst du das für mich spielen? Unbedingt genau dieses hier.«

Ich hielt Raffael das Notenblatt hin. Doch er setzte sich direkt ans Klavier. Wahrscheinlich konnte er es auswendig. Ich platzierte mich in einem weißen Sessel. Raffael legte seine Hände auf die Klaviertasten und hielt einen Moment inne. Ich betrachtete seine kräftigen Hände. Ich konnte mir gar nicht vorstellen, dass ihm Klavierspielen liegen würde. Von seiner ganzen Statur her war er eher dafür gemacht, das Klavier mit einer Axt in seine Einzelteile zu zerlegen.

Dann erklangen die ersten Töne. Ich bekam eine Gänsehaut. Ich sah auf den Notenzettel in meiner Hand. Natürlich verstand ich nicht, welche Töne auf den Vogelstangen gerade dran waren. Ich lehnte mich zurück und horchte. Es war ein ganz langsames Lied mit unheimlich vielen überraschenden Momenten. Raffael spielte es genau so, wie ich es mir vorstellte, als ich den Notenzettel sah. Das Lied erzählte mir eine Geschichte, die man nicht in Worten ausdrücken konnte. Ich vergaß alles um mich herum. Nach einer gefühlten Ewigkeit spielte Raffael den letzten Ton. Es war ein einzelner, der ganz für sich allein stand und dann in die Stille abtauchte. Raffael drehte sich zu mir um.

»Hat es dir gefallen?«

Ich sammelte meine Sinne.

»Kannst du mir beibringen, wie man das Lied spielt?«

Raffael lachte und stellte fest:

»Es hat dir gefallen.«

Dann klopfte er mit der Hand auf das Bänkchen vor dem Klavier.

»Setz dich zu mir.«

Sofort sprang ich auf und folgte seiner Aufforderung. Ich befühlte vorsichtig die weißen und schwarzen Tasten. Ich traute mich gar nicht, eine herunterzudrücken. Raffael flüsterte mir ins Ohr:

»Die beißen nicht.«

Ich streckte meinen Zeigefinger aus und machte ihn kerzengerade. Ich entschied mich für eine weiße Taste in der Mitte des Klaviers. Ich drückte sie ganz aufgeregt nach unten. Ein Ton erklang. Im gleichen Moment rief Raffael:

»Buh!«

Ruckartig zog ich meinen Finger zurück und stieß einen quietschenden Schrei aus. Ich erschreckte mich fürchterlich! Wütend trommelte ich mit meinen zu Fäusten geballten Händen gegen Raffaels Oberarm. Er wollte sich kaputtlachen über mich. Als er sich endlich beruhigt hatte, sagte er:

»Ich bringe dir das Lied gerne bei. Aber du solltest dich erst mal mit den Grundkenntnissen befassen. Noch ist das Lied zu schwer für dich.«

Ich war enttäuscht.

»Ehrlich? Muss ich erst verstehen, welcher Ton zu jedem Vögelchen passt?« Ich verbesserte mich schnell:

»Also zu jeder Note?«

Raffael nickte.

»Keine Sorge, ich bringe dich dahin, dass du es spielen kannst.«

Ich war begeistert. Ich wollte wissen:

»Wie heißt denn das Lied?«

Ich bekam eine ziemlich blöde Antwort:

»Es hat keinen Namen.«

Na, das sollte einer verstehen. So ein Quatsch. Jedes Lied hatte einen Namen. Ich ließ nicht locker und fragte wieder nach. Aber Raffael blieb dabei. Ich sagte:

»Welcher Idiot macht denn ein Lied und gibt ihm keinen Namen?«

Raffael ging nicht mehr darauf ein. Ich wollte mir gerade noch mal den Notenzettel holen, denn ich dachte, ich hätte den Titel darauf übersehen. Da hörte ich von unten plötzlich Johannas Stimme.

»Raffael? Bist du da oben?«

Jetzt war sie auch schon die Treppe heraufgekommen und sah Raffael und mich hier zusammen.

»Rosa!«, rief sie erstaunt. »Was machst du denn hier? Bist du doch nicht krank? Ich habe dich gleich nach Feierabend angerufen. Und weil du nicht rangegangen bist, dachte ich, du schläfst.«

Ich wurde ein wenig verlegen. Schnell stand ich vom Klavier auf und verschränkte energisch meine Arme vor der Brust.

»Ich war auch krank«, sagte ich dann entschlossen. Jetzt stand auch Raffael auf und mischte sich ein:

»Wir waren zusammen essen, bei Luigi.«

Er stellte sich ganz dicht an mich heran und legte den Arm um meine Schultern. Johannas Augen wurden größer. Dann küsste Raffael mich zu meiner Überraschung auch noch auf die Wange. Johannas Mund stand jetzt offen. Aber für mich fühlte es sich gut an. Ich begann, ganz langsam ein Fünkchen Vertrauen in Raffaels Verhalten zu gewinnen. Immerhin hatte er schon Einiges mit mir durchgestanden und war immer noch nicht schreiend davongelaufen! Und gerade hier vor Johanna schlug er sich eindeutig auf meine Seite. Obwohl es für mich immer so aussah, als würde er Johanna lieber mögen als mich. Schließlich durfte sie hier auf dem Hof wohnen und hatte ja anscheinend freien Zugang in seine Wohnung. Johanna riss mich aus meinen Gedanken, als sie Raffael ansprach:

»Sag, kannst du bitte kurz mit mir in die Werkstatt fahren? Mein Auto hat gleich einen Termin zur Inspektion.«

Raffael antwortete:

»Klar!«, und sah dann zu mir. »Willst du mit?«

Nein, ich wollte nicht mit. Ich hatte eine viel bessere Idee. Ich stellte mich auf die Zehenspitzen und stützte mich mit den Händen auf Raffaels Schulter. Dann ging ich ganz dicht an ihn heran und flüsterte ihm ins Ohr:

»Darf ich deine Zeitschriften sortieren?«

Johanna sollte das auf keinen Fall mitbekommen. Raffael sah mich an und war sichtlich amüsiert.

»Natürlich«, sagte er freundlich.

Ich strahlte ihn an und lief sofort an Johanna vorbei die Treppe hinunter. Was für ein Fest! Genüsslich machte ich mich in Raffaels Wohnzimmer noch einmal ganz von vorne daran, neue Stapel zu bilden und alle Zeitschriften fein säuberlich nach Themen und Erscheinungsdaten zu ordnen. Mit so was konnte ich Stunden verbringen. Und das Schönste war, ich brauchte nicht einmal Angst haben, dabei erwischt zu werden. Ich hörte die Haustür klappen und hatte ein gutes Gefühl, die beiden losfahren zu lassen. Mich ummantelten gefühlte hundert Wolldecken, obwohl die Wolldecke neben mir auf dem Sofa äußerst akkurat zusammengefaltet war.

Irgendwann kam Raffael zurück. Ich steckte noch mitten in den Zeitschriften, ich war erst bei Mai angelangt. Raffael setzte sich zu mir aufs Sofa und sah mir eine Weile zu. Er lehnte sich zurück und verschränkte seine Arme hinter dem Kopf.

»Du bist so süß«, sagte er.

Ich sagte:

»Sechzehnter, siebzehnter, achtzehnter« und legte drei Zeitschriften ab. Dann fragte Raffael:

»Wie lange hast du denn noch Urlaub?«

Ich behielt den Vierundzwanzigsten im Sinn und sagte:

»Noch die ganze nächste Woche. Vierundzwanzigster, fünfundzwanzigster…«

Raffael stand unerwartet auf und verließ das Wohnzimmer. So, jetzt kam Juni.

Ich sah zur Uhr. Hui, ich brauchte tatsächlich bis neunzehn Uhr dreißig, bis ich alle Zeitschriften sorgsam in ein Regal im Wohnzimmer einsortiert hatte. Wo war eigentlich Raffael? Ich rief mehrfach laut seinen Namen, während ich in den Flur ging. Hm… Vielleicht war er in der Scheune oder im Garten. Aber so spät noch? Tatsächlich, als ich die Scheunentür öffnete, sah ich, dass er mit Johanna und dem strohblonden Mike auf den Strohballen saß. Sie unterhielten sich angeregt, und Johanna hatte Fellkissen Fibi auf dem Schoß. Raffael rief mir sofort zu:

»Rosa, komm zu uns!« und deutete auf den Platz neben sich.

Ich sagte freundlich »Hallo« zu Mike und setzte mich schön dicht an Raffael. Wir unterhielten uns eine ganze Weile. So wie ich es am liebsten mochte. Die anderen redeten, und ich hörte zu. Um zweiundzwanzig Uhr fragte ich Raffael, ob er mich nach Hause fahren könnte. Ich wollte nämlich noch heute Abend meine zahnpastaverschmierte Wand im Badezimmer saubermachen. Raffael merkte an, dass er es schön fände, wenn ich noch bleiben würde, aber ich wollte unbedingt los. Ich kam schon ein bisschen leichter in den Pick-up hinein. Auf der Rückfahrt fühlte ich mich wirklich gut. Wir hielten vor dem Eingang des Blocks, in dem ich wohnte. Raffael machte den Motor aus. Darüber wunderte ich mich. Ich hatte nicht vor, ihn noch mit zu mir zu nehmen. Meine Badezimmerentgleisung bereinigte ich wirklich lieber, wenn ich alleine war. Ich sah Raffael an und sagte:

»Tschüss und vielen Dank.«

Dann wollte ich die Tür des Pick-ups öffnen, aber Raffael hielt mich am Ärmel fest.

»Warte«, sagte er leise.

Ich drehte mich wieder zu ihm um und dachte, dass er mich jetzt bestimmt küssen wollte. Ich war bereit. Ja, ich konnte das, ohne zu zählen! Ich schloss die Augen und formte meine Lippen zu einem Kussmund. Ich wartete, aber es passierte nichts. Ich öffnete vorsichtig ein Auge und versuchte herauszufinden, was los war. Raffael grinste. Dann nahm er meine Hand und wurde ganz ernst.

»Rosa, ich will nicht, dass es immer so ist wie heute.«

Mir blieb fast mein Herz stehen. Denn ich wollte das! Genau so, wie es heute war, war es toll. Ich verteufelte mich dafür, ihn nach den Zeitschriften gefragt zu haben. Ich hatte mich also doch getäuscht. Ich wusste schon, warum ich Männer nicht mochte. Ich wollte nur noch weg. Raus aus diesem blöden Auto, weg von diesem fiesen Kerl. Ich wollte nur noch zurück in meine Höhle und nie, nie wieder rauskommen. Mir wurde unsagbar übel. Und mir schossen Tränen in die Augen. Ich war wütend, enttäuscht, verletzt, alles zusammen. Raffael bemerkte, dass mir eine Träne über die Wange lief. Und ich bemühte mich so sehr, sie nicht über den Wimpernrand schwappen zu lassen. Aber sie rollte einfach los.

»Hey«, sagte Raffael ganz sanft und wischte mir mit den Fingern über die Wange.

Er sah mich wieder so direkt an. Demonstrativ blickte ich daraufhin nach vorne durch die Scheibe.

»Nicht weinen, alles ist gut«, sagte Raffael.

Ha ha, dachte ich. Klar, supergut, wenn der Tag heute mit mir so schrecklich war. Ja, sicher. Mir kullerten immer mehr Tränen übers Gesicht. Die Lichter der Straßenlaternen verschwammen vor meinen Augen. Raffael sprach mich noch einmal an:

»Es gefällt mir nicht, wenn ich dich abends hier wieder absetzen muss.«

Du Blödmann, dachte ich, ich habe selber ein Auto. Du müsstest mich gar nicht immer nach Hause bringen. Es war doch heute nur ein einziges Mal. Ich fühlte mich immer schrecklicher. Aber Raffael hörte nicht auf. Was wollte er mir jetzt noch vorhalten? Dass sich an seinem Lied die Noten abgenutzt hatten, weil er es mir vorspielen musste? Ich glaube, ich war in meinem ganzen Leben noch nie so unglücklich wie in diesem Moment. Tapfer hörte ich mir an, was Raffael noch zu sagen hatte:

»Du hast doch noch eine Woche frei. Und ich möchte dich so oft bei mir haben, wie es nur geht. Magst du nicht deinen Urlaub bei mir auf dem Hof verbringen?«

Raffael machte eine kurze Pause, und dann fragte er:

»Was hältst du davon?«

Ich war geschockt! Mit allem hatte ich gerechnet, aber ganz sicher nicht damit, dass ich dichter an Raffael dran sein durfte als Johanna! Ich traute mich, Raffael wieder anzusehen. Hastig wischte ich mir meine Tränen vom Gesicht. Ich nickte ganz heftig mit dem Kopf. Immer wieder. Und wiiiie ich bei ihm sein wollte. Ja! Ja! Ja!

Auf einmal fühlte ich mich so großartig. Raffael hatte mich nicht enttäuscht. Ich war mir jetzt endgültig sicher, dass ihm etwas an mir lag. Und das, obwohl ich manchmal so komisch zu ihm war. Er war wirklich nicht abzuschrecken. Ich konnte mein Glück kaum fassen. Ich strahlte übers ganze Gesicht. Raffael nahm mich ganz fest in den Arm. Und als er mich diesmal küsste, verstand ich endlich, was die Schriftsteller immer in den Liebesromanen beschrieben hatten.

Ich taumelte wie auf Wattewolken die Treppen hinauf zu meiner Wohnung. Dort angekommen begann ich sofort, im Badezimmer die Kacheln von der Zahnpasta zu befreien. Ich wollte nicht eine Minute mehr vergeuden, die nicht dafür genutzt wurde, Vorbereitungen für meine Zeit bei Raffael zu treffen. Denn jetzt war alles anders. Ich war jetzt nicht mehr nur Rosa. Oh nein! Ich war jetzt die Freundin von Raffael. Ich war ein Paar! Ich war zwei!

Die Zahnpasta erwies sich als sehr hartnäckig. Aber das war ich auch. Irgendwann hatte ich alles herunter von der Wand. Ich ging zügig schlafen, um am nächsten Tag möglichst schnell wieder aufstehen zu können.

Das kleine Handgepäck

Gleich morgens um sieben setzte ich mich vor meinen Kleiderschrank, zottelte alle Schuhkartons, Tüten, Boxen und Kisten heraus und breitete sie auf dem Boden aus. Ich erinnerte mich daran, wie ich hier immer meine Gefühle verstaut hatte, damit ich sie los war. Verrückt, dachte ich. Die Gefühle, die jetzt in mir wohnten, wollte ich gar nicht mehr hergeben. Entschlossen riss ich von den Behältern alle Etiketten ab. Das Schild mit der Aufschrift 'Ausreden', zack, ab. Der Aufkleber 'Zweifel', ratsch, ab. Ich räumte immer mehr leere Kartons aus dem Schlafzimmerschrank und stellte sie neben mich auf den Boden. Dann holte ich auch noch meinen roten Koffer vom Schrank. Wenn ich eine ganze Woche bei Raffael verbringen wollte, musste ich unbedingt so viele persönliche Sachen wie möglich mitnehmen. Nur dann konnte ich mich auch wirklich heimisch bei ihm fühlen. Deshalb entschied ich mich, nicht nur den Koffer mit meiner Kleidung und den Bad-Utensilien zu packen. Nein, ich wollte auch unbedingt sämtliches Geschirr, Besteck, Töpfe, und was ich sonst noch in der Küche lagerte, umsiedeln. Ebenso sollte jeglicher Schnickschnack, der meine Wohnung schmückte, mit zu Raffael. Ich begutachtete erneut die leeren Kartons und den Koffer auf dem Boden. Ich war bereit. Bereit, den größten Teil des Inhalts meiner Wohnung zu verstauen.

Raffael musste heute den ganzen Tag Unterricht geben, aber wir hatten abgemacht, dass er abends mit dem Pickup zu mir kommen würde. Raffael bestand darauf, mich abzuholen, denn er wollte seine „Prinzessin aus dem

Turm retten". Ich fand, die große Ladefläche des Wagens war ideal, um schööön viele Sachen mitzunehmen.

Also begann ich, aus jedem Zimmer etliche lose Gegenstände in Zeitungspapier zu wickeln und in die Behälter zu verstauen. Kleine Kerzenständer, diverse Dekofiguren aus Glas, Schälchen mit Steinchen, zwei kleine Tischlämpchen, meinen Wecker, die Muscheln und Seesterne aus meinem Badezimmer – es wurde immer mehr. Meine Kaffeebecher, meine Brotbrettchen, einfach alles, was mir wichtig erschien. Sorgfältig beschriftete ich alle Kartons und reihte sie ordentlich im Flur auf. Meine Zimmerpflanzen verfrachtete ich alle in einen großen Weidenkorb, da konnten sich die Blätter nach oben hin gut entfalten. Eine Blume allerdings durfte nicht mit, sie machte mir ständig mit gelben Blättern Ärger. Und ich wollte mir die tolle Urlaubsstimmung nicht durch so einen Quälgeist verderben lassen. Selber Schuld blöde Blume, dachte ich.

Als ich die Flurkommode leer räumte, fiel mir meine Strickmütze in die Hände. Ich erinnerte mich daran, wie ich mich in der Drogerie vor Raffael versteckt hatte. Ich beschloss, dies für immer als Geheimnis zu behandeln. Danach war meine Kleidung im Schlafzimmer dran. Nachdem ich meine karierten Schlafanzüge und weißen Blusen eingepackt hatte, war mein Koffer schon halb voll. Dann kamen T-Shirts und etliche Pullover. Alles, was nicht mehr in den Koffer passte, brachte ich in Tüten unter. Aber mein Herz blutete, weil in den Taschen von meinen stundenlangen Bügelarbeiten nichts übrig blieb. Rosa, sagte ich mir, du musst auch mal Opfer bringen!

Meine Wohnung leerte sich sichtlich, dafür wurde der Kistenstapel im Flur immer höher. Zu guter Letzt verschnürte ich mein Bettzeug, so wie ich es schon einmal gemacht hatte, als ich bei Johanna übernachtet habe. Mittlerweile war es siebzehn Uhr fünfundvierzig. Um achtzehn Uhr wollte Raffael hier sein. Ich schlenderte noch einmal durch die kahle Wohnung. Im Schlafzimmer fiel mein Blick auf meine Skala der Schrecklichkeiten. Ich wurde wehmütig. Da sie ja aus Farbe an der Wand bestand, hatte ich nicht die Möglichkeit, sie mitzunehmen. Äußerst sorgsam reinigte ich nun mit dem Schwamm die Tafel. Ich hatte das Gefühl, mit jedem vernichteten Eintrag ein Stück meines Lebens wegzuwischen. Deshalb nahm ich mir beim Saubermachen der Tafel die Zeit, mich von den Kreidenotizen zu verabschieden.

Dann klingelte es. Das musste Raffael sein. Mir schlug das Herz bis zum Hals. Jetzt war es soweit. Ich verließ meine Höhle für eine ganze Woche und tauschte sie gegen einen Mann, der großartiger nicht sein konnte. Aufgeregt öffnete ich die Tür. Raffael sprühte vor guter Laune, packte mich sofort, hob mich hoch und wirbelte mich mit einer Drehung durch die Luft.

»Ich freu' mich!«, rief er dabei laut in den Treppenflur. Das war mir unangenehm, wegen der Nachbarn. Ich horchte, aber nirgends klappte eine Tür.

Als Raffael den Kartonstapel im Flur sah, grinste er mich ganz breit an und fragte :

»Bist du sicher, dass du nichts vergessen hast?«

Ich erschrak! Hatte ich wirklich an alles gedacht? Aber bevor ich es noch mal im Geiste durchgehen konnte, schnappte Raffael sich schon die ersten Kartons.

»Na dann mal los!«, rief er.

Wir machten uns mit Feuereifer daran, das gesamte Gepäck aus dem Flur auf den Pick-up zu laden. Nach guten zwanzig Minuten waren wir abfahrbereit. Raffael küsste mich. Dann drehten wir im Pick-up ganz laut die Musik auf und steuerten direkt mein Urlaubsdomizil an. Als wir auf die Kieselauffahrt fuhren, kam uns Johanna entgegen. Sie rannte gleich zur Beifahrertür, als wir hielten. Ich konnte kaum aussteigen, da fiel sie mir schon um den Hals und begrüßte mich mit einem lauten »Herzlich willkommen!« Raffael musste ihr erzählt haben, dass ich jetzt für eine Woche hier wohnen würde. Zu dritt schleppten wir meine Kartons wieder herunter vom Pick-up und lagerten vorläufig alles in Raffaels Wohnzimmer. Uups, in „unserem" Wohnzimmer! Für eine Woche gehörte es ja auch mir. Raffael und Johanna beschlossen, für heute einfach alles so stehen zu lassen. Dieses Wirrwarr bot für mich einen Ort des Schreckens. Ich ließ mich nur dazu überreden, erst morgen das heillose Durcheinander zu beseitigen, weil ich nach dem anstrengenden Tag wirklich am Ende meiner Kräfte war. Wir luden Johanna dann noch auf ein Glas Wein ein und ließen den Abend gemütlich ausklingen. Ich trank allerdings einen Saft, schließlich wollte ich während meines Urlaubs Raffaels Wäsche waschen. Da war mir das Risiko zu groß. Ich wusste ja nicht, ob sich Wein ähnlich wie Sekt in meinem Magen verhielt.

Irgendwann ist Johanna dann rüber in ihre Wohnung gegangen. Es war soweit! Ich würde das erste Mal gemeinsam mit Raffael schlafen gehen. In unser gemeinsames Bett. Toll! Ich war aufgeregt. Ich zog mir einen frischen karierten Schlafanzug an, den ich umständlich aus meinem Koffer pflückte. Dann nahm ich Raffael an die Hand und ging stolz mit ihm die Holztreppe ins Schlafzimmer hinauf, das sich im Obergeschoss befand. Es war so mit Holzbalken abgeteilt, dass es von der Treppe her gar nicht einsichtig war. Deshalb war es mir auch nicht aufgefallen, als Raffael mir das Lied vorgespielt hatte. Als wir vor dem Bett standen, fragte ich Raffael:

»Können wir uns gleichzeitig jeder auf seine Bettkante setzen und uns dann auch gleichzeitig hinlegen?«

Raffael sah mich verwundert an, aber er tat mir den Gefallen. So praktizierten wir „Synchron-zu-Bett-gehen". Ein Traum! Ich verschwieg lieber erst mal noch, dass ich mir das für jeden Abend hier bei ihm wünschte. Ich begab mich in meine gewohnte Einschlaf-Position. Ich legte mich auf den Rücken, zog mir die Bettdecke bis zum Hals und machte meinen Körper ganz gerade. Ich faltete meine Hände vor dem Bauch und neigte meinen Kopf ein wenig seitlich ins Kissen. Ich entschied mich sofort für den Blick in Raffaels Richtung. Das fühlte sich gut an, und ich musste mich an einem anderen Abend nicht noch mal umgewöhnen. Ich war rundum zufrieden und kam zur Ruhe.

In dieser Nacht ließ Raffael mir ein Licht aufgehen. Ich verstand noch ganz andere Textstellen aus den Liebesromanen. Ich schwor mir, sie nie wieder kitschig zu nennen.

Am nächsten Morgen fühlte ich mich so – so besonders, als ich aufwachte. Aber als ich hinüber auf Raffaels Seite des Bettes sah, wurde mir flau im Magen. Raffael war nicht da! Ich geriet in Panik. Hatte er mich schon nach einer Nacht verlassen? Ich sprang aus dem Bett, denn ich wollte so schnell wie möglich ins Erdgeschoss, um nachzusehen, ob Raffael dort war. Aber oben an der Treppe rumste ich sooo doll mit dem kleinen Zeh gegen den Eckpfosten des Treppengeländers, dass ich die Sterne sah, die den Tom aus „Tom und Jerry" immer ereilten, wenn Jerry ihm einen über den Kopf zog. Laut fluchend hüpfte ich die Holzstufen herunter. Es roch nach frischem Kaffee. Als ich humpelnd in der Küche ankam, sah ich Raffael, der gerade für uns den Frühstückstisch deckte. Gott sei Dank, er hatte mich nicht verlassen. Für eine Sekunde kam mir in den Sinn, dass er dann wohl doch eher mich rausgeworfen hätte, als zu gehen. Aber da umarmte mich Raffael auch schon mit einem »Hey, ausgeschlafen? Sind wir ein bisschen stürmisch heute Morgen?«

Dann trat er einen Schritt zurück und sah auf meinen nackten Fuß.

»Aua«, sagte ich, und dann, »der kleine Zeh wird ganz blau.«

Raffael schob mich zu einem Stuhl am Tisch und drückte leicht meine Schultern nach unten, so, dass ich mich hinsetzen musste. Dann ging er ins Bad und holte einen nassen, kalten Waschlappen. Raffael beförderte meinen geschundenen Fuß auf den neben mir stehenden

Stuhl und legte den Waschlappen auf meine Zehen. Als Krankenpfleger war er bei mir ja schon berühmt. Ich erinnerte mich an die Wadenwickel. Ich sagte gequält:

»Danke, das tut gut. Du hast dafür einen Wunsch bei mir frei.«

Raffael grinste und kam mit seinem Gesicht bis an meine Nasenspitze. Strahlend sagte er:

»Ich wünsche mir, dass wir immer nur eine einzige Tube Zahnpasta zur Zeit im Haus haben.«

Dann flüsterte er weiter: »Dann wird die Sauerei nicht so groß.«

Er grinste jetzt noch breiter und schrubbelte mit der flachen Hand auf meinem Kopf herum, dass meine Haare zerzausten. Sehr witzig, dachte ich, sehr, sehr witzig.

Raffael sagte:

»Lass uns frühstücken«, und schenkte mir Kaffee ein.

Ich fing an, auf meinem Stuhl rumzuwibbeln. Ich wusste genau, wenn ich mir jetzt ein Brötchen aufschnitt und es mit Käse belegte, konnte ich nicht verheimlichen, dass ich die Käsescheibe genau der Brötchenform anglich. So, wie ich es auch bei einer Scheibe Brot immer machte. Ich konnte es nicht essen, wenn es nicht so war. Und Käse wollte ich aber auch unbedingt.

Raffael machte sich ein „normales" Brötchen. Uäähh. Mit Zwiebelmett. Eklig. Und das Mettzeug zippelte überall über die Kante der Brötchenhälfte. Dass er das essen konnte − ich verstand es nicht. Was sollte ich nun mit meinem Brötchen machen? Eine Stimme in mir rief:

»Nimm Marmelade!«

Aber die wollte ich nicht. Ich ließ mir unheimlich viel Zeit mit der Butter. Egal. Jetzt oder nie. Raffael fing sowieso schon wieder an, mich zu beobachten. Ich griff beherzt zum Käse und fischte mir die Scheibe heraus, die mir an den Kanten am ebenmäßigsten erschien. Das war allerdings schwer zu erkennen, weil die Scheiben fächerförmig angeordnet waren. Ich platzierte den Käse auf meinem Brötchen und nahm das Messer in die Hand. Ich zögerte. Raffael fragte mich:

»Stimmt was nicht?«

»Nöö, alles gut«, antwortete ich.

Mist. Das war meine Gelegenheit, Farbe zu bekennen. Zu spät. Ich hielt immer noch das Messer in der Hand und starrte auf mein Brötchen. Raffael, der mich immer noch beobachtete, ermunterte mich:

»Was auch immer es ist, mach es einfach. Es würde meinem Ruf als Klavierlehrer schaden, wenn bei mir jemand am gedeckten Tisch verhungert.«

Er grinste und nickte mir zwinkernd zu.

Ich erschrak. Um Himmels Willen, die Musikschule stand auf dem Spiel! Ich ahnte ja nicht, dass ich mit meinem Besuch so eine große Verantwortung übernommen hatte. Mir blieb keine Wahl. Eifrig befreite ich den Käse von den überstehenden Kanten und legte diese so akkurat wie möglich an den Rand meines Frühstücksbrettchens. Endlich konnte ich in mein Brötchen beißen und hatte zusätzlich noch Raffaels Existenz gerettet. Ich mampfte und strahlte gleichzeitig. Jetzt machte mir mein Urlaub wieder richtig Spaß. Zufrieden hörte ich Raffael zu, als er mir berichtete:

»Ich habe gleich leider einen wichtigen Termin. Es wird bis heute Nachmittag dauern. Aber wenn ich dein ganzes Gepäck sehe, bist du ja wohl erstmal beschäftigt.«

Raffael beugte sich zu mir herüber und gab mir einen Kuss. Neugierig fragte ich:

»Was musst du denn machen?«

Raffael nahm einen Schluck Kaffee und erklärte mir:

»Frau Ammersberger bekommt heute das Klavier von ihrem Enkel. Und ich habe ihr versprochen, es mit Mike abzuholen und bei ihr aufzustellen.«

»Und das dauert so lange?« Das konnte ich mir gar nicht vorstellen.

»Der Enkel wohnt nicht gerade um die Ecke. Fast zweihundert Kilometer eine Tour.«

»Oh«, das war natürlich weit.

Raffael bat mich, später daran zu denken, ihm meinen Autoschlüssel mitzugeben, denn Mike sollte auf dem Rückweg mein Auto holen. Und Raffael schrieb mir seine Handynummer auf, falls irgendetwas wäre. Ich hatte gar kein Handy. Ich wusste ehrlich gesagt nicht wofür. Auf der Arbeit brauchte ich es nicht. Und sonst telefonierte ich nur mit meiner Mutter oder Johanna. Das konnte ich auch vom normalen Telefon aus machen.

Ach du meine Güte, meine Mutter! Sie wusste ja noch gar nicht, dass ich meine Höhle verlassen hatte und jetzt ein Paar war. Das wollte ich sofort notieren. Ich dachte sehnsüchtig an meine Skala der Schrecklichkeiten. Und was war heute überhaupt für ein Tag? Samstag? Sonntag? Ich war verloren ohne meine Termintabellen. Ich fragte Raffael, und er bestätigte mir den Samstag.

Wir hatten derweil aufgegessen, und Raffael tauschte nun mit mir ein Schlüsselbund vom Hof gegen meinen Autoschlüssel. Ich sagte:

»Dann werde ich jetzt endlich meine Sachen überall einräumen.«

Raffael antwortete: »Okay, dann bis später.«

Er gab mir einen Abschiedskuss und verließ die Küche mit einem »Räumst du ab? Tschühüss!«

Die Haustür fiel ins Schloss. Nun stand ich hier im

Schlafanzug und mit einem blauen Zeh in meiner Urlaubs-Welt. Und es fühlte sich toll an!

Huuch, es klingelte. Es hörte sich wie ein Telefon an, aber ich wusste nicht, wo es stand. Ich horchte und folgte humpelnd, aber auf leisen Sohlen, dem Geräusch. Es konnte ja nicht weit sein. Das Klingeln führte mich ins Wohnzimmer. Fast wäre ich noch über die kleine Stufe gestolpert, die es hinunterging, um das Wohnzimmer von der Küche aus zu erreichen. Ich sah mich um. Ja, eindeutig. Das Klingeln kam vom Schreibtisch. Es war, als würden die Zettel klingen. Ich hob sie hoch, und siehe da, das Telefon kam zum Vorschein. Ich nahm den Hörer ab und stockte. Was sollte ich sagen? Bei Wolke? Oder Kuchenbäcker und Wolke? Oder Wolke und Kuchenbäcker? Ich war verwirrt. Dann hörte ich eine Frauenstimme:

»Hallo? Halloohoo! Raffael, sind Sie dran?«

Erst zuckte ich zusammen, und dann riss ich mich zusammen. Ich sprach in den Hörer:

»Hallo, hier ist Rosa. Raffael ist nicht da.«

Von der anderen Seite kam:

»Oh«

Erst war nichts mehr zu hören, aber dann:

»Können Sie ihm ausrichten, dass ich meinen Termin für nächste Woche absagen muss? Mein Name ist Wibbelt.«

Ich antwortete sehr freundlich, denn ich erinnerte mich an Frau Wibbelt. Raffael hatte ihr doch neulich Klavierunterricht gegeben.

»Sehr gern, Frau Wibbelt. Ich notiere es gleich.«

Wir verabschiedeten uns höflich und legten auf. Ich nahm mir sofort einen kleinen Zettel vom Tisch und schrieb Frau Wibbelts Absage auf. Oh wie sehr ich einen

Terminplaner vermisste. Denn hier gab es offensichtlich viel zu tun.

Ich ging zurück in die Küche und deckte den Frühstückstisch ab. Das klappte gut. Kühlschrank und Geschirrspüler waren besser zu finden als das Telefon. Dann machte ich mich endlich über mein Gepäck her. Mein Zeh tat immer noch scheußlich weh. Aber ich bemühte mich, es zu ignorieren, denn ich war gerne bereit, noch ein Opfer für meinen tollen Urlaub zu bringen.

Zuerst packte ich die Küchen-Utensilien aus und suchte dann in den Schränken den passenden Ort dafür. Das gestaltete sich schwieriger, als ich dachte. Ich tat mich schwer, meine Küchensachen mit denen von Raffael zusammenzustellen, denn farblich gab das eine Katastrophe. Das ging überhaupt nicht!

So entwickelte ich nach langem Hin- und Hersortieren ein System. Ich stellte die Kaffeetassen so in den Schrank, dass sie von schlicht bis doll gemustert und gleichzeitig von hellen Farbtönen bis zu dunklen Farben der Reihe nach Platz fanden. Das übernahm ich auch beim restlichen Geschirr und diversen Töpfen. Es war eine unheimlich aufwendige Arbeit, erst auch noch Raffaels Sachen auszuräumen, dann meine aus dem Zeitungspapier dazuzuräumen, um dann alles zusammen wieder farblich sortiert einzuräumen. Aber ich konnte wirklich fleißig sein. Und am Ende war ich sehr zufrieden.

Ich musste unbedingt Raffael anrufen und ihm von dem neuen System in der Küche berichten. Zielstrebig, als würde ich schon ewig hier wohnen, humpelte ich zum Telefon und tippte die Nummer vom Zettel ein. Ich lauschte dem Tuten und wartete ab, bis Raffael an sein Handy ging – Ah, jetzt:

»Rosa! Wie sieht es aus bei dir?«

Konnte Raffael hellsehen? Ich bekam eine Gänsehaut. Wieso wusste er, dass ich es war? Ich fragte ihn sofort danach. Er lachte und sagte, dass es seine geistigen Fähigkeiten gerade noch zuließen, seine eigene Nummer im Display wiederzuerkennen. Ich war enttäuscht.

»Achso«, sagte ich.

Das wusste ich nicht. Mein Telefon zu Hause zeigte mir nicht an, wer anrief. Dann erzählte ich Raffael stolz die Sortiergeschichte aus der Küche.

»Prima, bis später«, antwortete Raffael und legte auf.

Der war aber kurz angebunden, dachte ich und humpelte zu meinem Koffer. Weiter ging es mit meiner Kleidung. Im Schlafzimmer unter der Schräge stand ein halbhoher Kleiderschrank. Dort wollte ich meine Anziehsachen einräumen. Ich hievte den vollen Koffer die Holztreppe hoch. Auf der Hälfte der Treppe musste ich mein Gepäckstück einmal absetzen, weil es so schwer war. Ich schrie laut auf. Der Koffer landete genau auf meinem blauen Zeh. Ich hätte heulen können, aber ich dachte an das Opferbringen und bewältigte so den restlichen Weg ins Schlafzimmer. Ich öffnete alle Schranktüren, um mir einen Überblick zu verschaffen. Oh ja, da war noch Platz für mich! Dummerweise verteilten sich die freien Regale querbeet im ganzen Schrank, ich wollte aber für meine Sachen eine extra abgeteilte Hälfte. Also machte ich es genauso wie mit den Küchensachen. Ich räumte erstmal den kompletten Schrank leer und legte alles aufs Bett. Dabei fiel mir der Pullover von Raffael in die Hände, den er bei unserer ersten Begegnung im Seestern getragen hatte. Der mit der kleinen Knopfleiste am Ausschnitt. Ich setzte mich auf die Bettkante neben die anderen Kleidungsstücke. Ich bekam mein Wolldeckengefühl. Ich zerknautschte den Pulli in meinen Händen, hielt ihn vor mein Gesicht und kuschelte ihn an meine Wange. Ich drückte den Pullover fest an mich und lächelte bestimmt eine halbe Stunde so dasitzend vor mich hin.

Irgendwann entschied ich mich, doch mit dem Einräumen der Sachen weiterzumachen. Aber ich konnte mich gar nicht von Raffaels Pullover trennen. Also beschloss ich kurzerhand, ihn einfach über meinen Schlafanzug zu ziehen. Dann hatte ich beide Hände frei, konnte mir aber mein Wolldeckengefühl erhalten.

Ich legte meine Kleidung in die Fächer auf der linken Seite des Schrankes und Raffaels Sachen auf die rechte Seite. Zusätzlich sortierte ich alles nach Art der Kleidung und diese dann wiederum nach Farben. Als ich fertig war, rief ich schnell wieder Raffael an und berichtete, wie gut ich vorankam.

»Das machst du super«, sagte Raffael durchs Telefon. Und dann:

»Ich suche gerade einen Parkplatz, bis später.«

Schade, wir legten schon wieder auf. Ach herrje, ich hatte Raffael ja gar nicht erzählt, dass Frau Wibbelt angerufen hatte. Das holte ich sofort nach und rief ihn schnell noch einmal an. Was du heute kannst besorgen…

Jetzt wollte ich meine Kulturtaschen auspacken. Aber siehe da, ich hatte noch zwei Tüten mit weiterer Kleidung von mir übersehen. Also noch mal hoch ins Schlafzimmer. Als ich den Rest verräumen wollte, gefiel es mir aber nicht mehr, so abgetrennt von Raffael im Schrank zu „liegen". Wir waren doch ein Paar, deshalb wünschte ich mir ein bisschen mehr Gemeinsamkeit. Ich entschied mich, unsere Kleidung noch einmal neu zu sortieren. Jetzt legte ich immer im Wechsel ein T-Shirt von mir und eins von Raffael übereinander. Dann die Pullover.

Einen von mir, einen von Raffael. So verfuhr ich mit allen Sachen. Immer schön abwechselnd Rosa und Raffael, Rosa und dann wieder Raffael. Ich bemühte mich aber trotzdem, die Farben nicht durcheinanderzubringen. Ja, so sollte es jetzt wirklich bleiben. Zufrieden ging ich wieder runter und rief noch mal ganz kurz Raffael an, um ihm die wichtige Veränderung mitzuteilen.

Aber der wollte das gar nicht hören! Ich war sehr enttäuscht. Er ließ mich gar nicht zu Wort kommen und wimmelte mich ab. Mich beschlich das Gefühl, dass es eventuell doch ein Fehler war, mich ihm anzuvertrauen. Denn er war so abweisend:

»Rosa, ich stehe gerade an der Kasse. Wir sind in einer halben Stunde wieder auf dem Hof.«

Und dann tutete es auch schon, die Verbindung war unterbrochen. Ich zog eine Schnute und humpelte mit hängenden Schultern und meinen Kulturtaschen ins Bad. Ich setzte mit meinem wehen Fuß immer nur die Hacke auf, dadurch musste ich mein Bein immer seitlich nach außen drehen und schob meinen Körper schräg vor. Ich dachte an den Supermarkt in der Stadt. Manchmal erwischte ich einen Einkaufswagen, an dem vorn ein Rad blockierte. Wenn man den dann schob, verhielt er sich genauso, wie ich jetzt beim Gehen.

Im Bad war es einfach, meine Sachen unterzubringen. Ich hatte einen Schrank fast für mich allein. Von Raffael gab es nur Duschgel, Shampoo, Deo, Rasierzeug und eine Bürste. Das war schnell zusammengeschoben und gleichmäßig mit dem Etikett nach vorne an die Kante des Regals im Schrank gezogen.

Oh nein, was war das denn? Ich sah zum Waschbecken. Raffael hatte allen Ernstes seine Zahnbürste auf dem Waschbecken neben dem Wasserhahn liegen. Einfach so!

Nackt, wie sie war! Ich musste Raffael unbedingt eine neue Zahnbürste kaufen. Gar nicht auszudenken, was in diesen Borsten alles wohnen konnte. Ich hüpfte sofort in die Küche. Mit Hüpfen ging es schneller. Ich nahm einen Becher aus dem Schrank, hüpfte zurück und stellte ihn auf das kleine Ablageding unter dem Spiegel. Mit gespitzten Fingern schnappte ich mir die vermutlich dramatisch verseuchte Zahnbürste und ließ sie in den Becher plumpsen. Jetzt ging es mir besser. Prima, nun war ich im Bad auch fertig.

Ich bekam Hunger. In der Küche sah ich zur Uhr, es war vierzehn Uhr zweiundzwanzig. Wie die Zeit verging. Ich schmierte mir ein wunderbar geformtes Käsebrötchen und verspeiste es genüsslich. Danach wollte ich gerade noch mal bei Raffael anrufen, denn die halbe Stunde war schon um, aber er war noch nicht da. Doch dann legte ich den Hörer schnell zurück, weil Raffael just in diesem Moment im Wohnzimmer durch die Terrassentür kam. Er bemühte sich, nirgends an die Kanten des Türrahmens zu stoßen, denn er trug auf den Armen irgendein sperriges, flaches Ding. Und darauf lag noch etwas Flaches, das er mit den Daumen am Runterrutschen hinderte. Es gelang ihm, heil durch die Tür zu kommen, und er rief mir zu:

»Na mein Engel? Guck mal, was ich dir mitgebracht habe!«

Oh, ein Geschenk für mich? Ich war begeistert. Neugierig folgte ich Raffael an den Küchentisch, an dem er die unhandlichen Dinge ablud.

Wow! Eine riesige grüne Tafel, dann noch ein kleiner Terminkalender für den Tisch und ein wirklich großer Kalender für die Wand. Stürmisch fiel ich Raffael um den Hals.

»Danke!«, schwärmte ich.

Das war das beste Geschenk, das er mir machen konnte. Sofort machten wir uns daran, meine lebensrettenden neuen Sachen an die Wand zu bringen. Ich wählte als besten Platz dafür die freie Fläche in der Küche. Ich hielt dann immer die Dinge an die Wand, und Raffael schlug die Nägel ein. Dabei bemerkte ich an seiner Hand eine für meinen Geschmack wirklich große blutige Stelle, an der die Haut abgeschürft war. Ich wollte ihn gleich verarzten, aber Raffael sagte:

»Nur ein Kratzer. Vom Klavier vorhin. Egal.«

Dann hämmerte er wieder drauflos.

Tara! Fertig! Aus der noch ungeöffneten Kiste mit der Aufschrift „Wichtiger Schnickschnack" kramte ich sofort meine Kreide heraus und begann, eine lange Querlinie und viele senkrechte Striche auf die Tafel zu malen. Raffael sah mir einen Moment zu und machte einen zufriedenen Gesichtsausdruck. Dann sagte er:

»Jetzt darf man dich wohl erst mal nicht stören?«

Ich schüttelte heftig den Kopf und malte weiter. Raffael erklärte:

»Ich gehe eben rüber zu Johanna. Mike ist auch bei ihr. Irgendetwas stimmt mit ihrem Internet-Anschluss nicht. Wir wollen sehen, ob wir das in Ordnung bringen können.«

Aha. Ich malte weiter.

»Komm doch auch rüber, wenn du fertig bist.«

»Ja ja«, ich malte weiter.

Raffael ging hinten durch die Terrassentür hinüber zu Johanna und Mike. Ich vergaß die Welt um mich herum und plante und notierte, markierte und beschriftete, was das Zeug hielt. Ich war glücklich. Am Abend, als Raffael nach Hause kam, stand die Wichtiger-Schnickschnack-

Kiste immer noch unberührt in der Küche. Aber ich trug gerade die vorläufig letzte Notiz in den großen Wandkalender ein. Raffael meinte, dass er jetzt nur noch die Tiere versorgen müsste, und dann wäre für heute alles erledigt. Ich fand, er sah auch ein bisschen erschöpft aus. Ich war neugierig, was Raffael zu tun hatte und wollte mit nach draußen. Oh, ich konnte wieder richtig gehen, mein Zeh tat nicht mehr so weh. Aber als ich an mir herunter sah, bemerkte ich, dass ich immer noch im Schlafanzug und Raffaels Pullover rumlief. Barfuß war ich auch noch. Ich holte schnell meine Turnschuhe und schlüpfte hinein. Es war noch so warm draußen, dass es den Moment schon so gehen würde.

Zuerst holte Raffael aus der Scheune zwei Seile mit so einem Zuschnapp-Zumach-Ding vorne dran, und dann besuchten wir die Angstmacher auf ihrer Wiese. Raffael öffnete das Gatter und rief erst »Leo!« und dann »Lara!« und machte mit dem Mund so komische Zutschgeräusche. Ich blieb lieber draußen am Zaun stehen. Die riesigen Pferde kamen direkt auf Raffael zugerannt. Oh mein Gott! Ich hatte solche Angst um Raffael. Aber die Pferde bremsten ganz unerwartet ab und blieben direkt vor ihm stehen. Unglaublich! Ich war erleichtert. Dann ließ Raffael diese Zumach-Dinger an den Seilenden unter dem Kinn der Pferde zuschnappen. Sie hatten wohl extra dafür diese wirklich gut angepassten Lederriemen um ihren Kopf herum. Der eine Angstmacher schnaufte auf einmal ganz komisch. Er ließ dabei richtig seine dicke Unterlippe schlabbern. Ekelhaft. Aber Raffael schien das nichts auszumachen. Er redete sogar noch ganz freundlich mit ihm.

»Na mein Dicker?« und klopfte mit der Hand auf dem breiten Pferdehals herum.

Ich wollte mir gar nicht vorstellen, was er dabei alles an kleinem Krabbelgetier im Fell geweckt haben musste. Ich schüttelte mich.

»Machst du das Tor zu?«, fragte Raffael mich dann und ging mit den Angstmachern hinüber in die Scheune. Na gut, das fand ich nicht so schlimm. Ich schloss das Gatter und lief Raffael hinterher. Die Pferde standen jetzt in ihrem Stall, und Raffael packte ihnen mit einem schaufelähnlichen Ding irgendwelche Körner in ihre Futterbehälter. Als er damit fertig war, brach Raffael einen Apfel in zwei Teile und hielt mir eine Hälfte hin.

»Willst du?«

Ich sagte:

»Nein, vielleicht später.«

Ich hatte gerade keinen Appetit. Raffael lachte und erklärte mir, dass ich den Apfel an das Pferd verfüttern sollte. Niemals, dachte ich.

»Komm her«, sagte Raffael freundlich, aber bestimmt. Er zog meine Hand zu sich, drehte die Handfläche nach oben und legte das Apfelstück darauf.

»Mach deine Hand ganz gerade.«

Ich befolgte seine Anweisung, streckte meine Finger aus und jonglierte die Apfelhälfte so in Richtung Pferdekopf. Ich konnte auch gar nicht anders, weil Raffael meinen Arm immer weiter dort hinschob. Als meine Hand direkt vor dem riesigen Maul war, kniff ich schnell die Augen zu. Der Apfel wurde auf meine Hand gedrückt, und mein Herz klopfte. Dann hörte ich schlabbernde Geräusche, und es wurde ganz warm auf der Haut. Dann kitzelte es. Das mussten die ekligen Barthaare an der Unterlippe sein. Und dann fühlte ich nichts mehr auf meiner Hand. Ich machte die Augen auf. Der Apfel war weg, aber erstaunlicherweise war meine Hand noch da. Stolz zeigte ich Raffael meine leere Hand. Jetzt wusste ich, wie man Essen in Pferde reinbekam.

Und dann rannte ich, so schnell ich konnte, an Raffael vorbei ins Haus. Ich steuerte direkt das Badezimmer an und wusch mir gründlichst meine Hände. Als ich zurück in die Scheune kam, rührte Raffael gerade in einer großen Blechschale irgendeine Matschepampe an. Ich erklärte so locker wie möglich:

»Hab' nur schnell meine Hände gewaschen.«

Raffael stellte die Schale auf den Boden, dorthin, wo auch die Hundekiste stand. Er sagte:

»Jetzt holen wir noch die Hunde rein« und machte sich schon wieder auf den Weg nach draußen. Wir liefen zu dem eingezäunten Stück Wiese, das an den Pferdegarten grenzte. Jetzt bemerkte ich erst, dass Ayla im Gras lag und ihre drei Fellkissen beobachtete. Die hopsten nämlich vor ihrer Nase herum und beknabberten sich gegenseitig an den Plüschbeinen.

»Ayla, komm her!«, rief Raffael und machte die Pforte im Zaun auf.

Hier war es feiner eingezäunt als bei den Pferden. Ich dachte an das Opferbringen und vertraute Raffael, dass er mir wohl nicht ein blutrünstiges Monster auf den Hals hetzen würde. Ayla begrüßte Raffael, und er knuddelte sie ausgiebig.

»Bist du meine Süße? Jaaa! Sag mal 'Hallo' zu unserer Rosa!«

So ließ ich es tapfer geschehen, als Ayla meine Schlafanzughose am Knie besabberte und immer wieder mit der nassen Schnauze gegen meine Hand stupste. Ich betete, dass ihr Schwanzwedeln ein gutes Zeichen war. Und dann war ich mit meiner Geduld am Ende. Ich ergriff die Flucht und rannte wieder ins Bad. Ich schrubbte meine Hände, bis sie ganz rot waren, und dann rubbelte ich mit einem Waschlappen und ganz viel Seife auf dem Schlafanzugstoff herum. So, als müsste ich mein Knie vor einer ätzenden Säure schützen. Ich beschloss, jetzt nicht mehr rauszugehen. Langsam wurde es mir vor Raffael peinlich, alle zwei Minuten meine Hände zu entgiften. Bestimmt hätte er noch gewollt, dass ich so ein Fellkissen auf den Arm nehme. Ich beschloss: Heute keine Opfer mehr!

Ich ging duschen. Einen besseren Anlass konnte es wohl kaum geben. Raffael musste schon wieder ins Haus gekommen sein, als ich noch unter der Dusche war. Denn als ich aus dem Bad kam, stand er schon in der Küche und kochte uns Spaghetti.

Mittlerweile war es schon zwanzig Uhr vierzig, und ich zog mir einfach gleich wieder einen frischen Schlafanzug an. Den Hunde-Anzug warf ich sofort in den Wäschekorb. Nachdem wir ganz gemütlich unsere Nudeln gegessen hatten, verkrümelten wir uns aufs Sofa und machten den Fernseher an. Wir waren beide müde vom Tag.

Es fühlte sich toll an, ein Paar zu sein. Ich durfte sogar auf Raffaels Schoß liegen. So konnte ich schön dicht an ihm dran sein. Wir hatten den Fernseher nur ganz leise an, einfach nur, damit er lief. Aber eigentlich erzählte Raffael mir Geschichten aus seinem Leben, und ich hörte ihm gespannt zu. Dabei tüdelte er mit den Fingern immer irgendwie in meinen Haaren und an meinem Gesicht herum. Herrlich! Ich war bereit für neue Opfer. Es war ein wunderbarer Abend. Irgendwann sind wir dann synchron zu Bett gegangen.

Wir verschliefen den halben Sonntag. Es regnete in Strömen. Im Dachgeschoss prasselte das Wasser unaufhörlich auf die großflächigen Fenster. Beim reichlich verspäteten Frühstück, immerhin war es vierzehn Uhr dreißig, erzählte Raffael mir, dass Johanna Mike und uns für heute Abend eingeladen hatte. Sie wollte kochen, und Carmen und Alex, die mit den Angstmachern, sollten auch kommen. Das passte mir überhaupt nicht. Ich wollte mein Urlaubszuhause nicht so schnell wieder verlassen. Zu Johanna konnte ich immer noch irgendwann gehen. Erst sollte sich Raffaels Wohnung mit mir anfreunden, das war mir wichtiger. Außerdem hatte ich noch ein paar Kleinigkeiten zu erledigen.

Raffael erklärte mir:

»Carmen und Alex kommen schon heute Nachmittag, um halb vier haben wir den Hufschmied bestellt.«

Er lachte und sagte dann:

»Da kriegen die Angstmacher neue Schuhe.«

Raffael kniff mit Daumen und Zeigefinger in meine Wange und zottelte an ihr herum. Und dann küsste er mich.

Wir räumten zusammen den Tisch ab und dabei erzählte ich Raffael:

»Ich habe heute noch so viel zu tun, ich kann nicht mit zu Johanna. Ich glaube nicht, dass ich bis zum Essen fertig werde.«

Raffael sah mich ein wenig irritiert an, sagte dann aber:

»Ich sag' dir einfach Bescheid, wenn es Essen gibt, und dann kannst du es dir ja noch mal überlegen.«

Damit war ich einverstanden. Dann ging Raffael in die Scheune zu dem Pferdeschuster, und ich wollte eigentlich duschen gehen. Aber dann fiel mir ein, dass ich ja meine Mutter anrufen wollte. Das erledigte ich als Erstes.

»Heidemarie Kuchenbäcker?«

»Hallo, Mama. Hier ist Rosa.«

»Kind, wie schön!«

»Mama, stell dir vor, ich bin verreist! Ich mache Urlaub bei Raffael. Am Himbeerstrauch Nummer elf. Ich bin jetzt mit Raffael ein Paar. Und ich darf eine ganze Woche hierbleiben.«

»Oh, da freue ich mich aber für dich. Ich habe so gehofft, dass dir endlich mal jemand gefällt. Deshalb wollte ich auch letztes Mal am Telefon nicht weiter stören. Ich will mich ja nicht zu sehr einmischen.«

»Mama, ich rufe dich am Dienstag wieder an. Ich muss jetzt noch meine Sachen auspacken. Bis dann.«

»Bis dann, Rosalie.«

Ich legte auf und verschob mein Duschvorhaben noch mal. Denn ich wollte zuerst meinen „wichtigen Schnickschnack" überall in der Wohnung verteilen. So dekorierte ich eine ganze Weile meinen Tüdelkram und meine Blumen von rechts nach links, erst in die Küche, dann wieder zurück ins Wohnzimmer und hin und her. Ich wollte ganz sichergehen, die Kerzenständer, Schälchen, Zimmerpflanzen, und was ich noch so hatte, an den wirklich richtigen Platz zu stellen. Während ich meine Einrichtungsgegenstände durch die Wohnung trug, überlegte ich die ganze Zeit, ob man eigentlich seinem Vermieter Bescheid sagen musste, wenn man verreiste. Ich setzte mich mit einem Windlicht auf dem Schoß aufs Sofa und sah mich im Wohnzimmer um. Wirklich schade, dass es nur eine Woche ist, dachte ich. Jetzt, da schon ein Großteil meiner persönlichen Sachen hier war, kam es mir so vor, als würde ich bei Raffael wohnen. Ich begradigte mit den Fingerspitzen die kleinen Kieselsteinchen in dem Glas rund um die Kerze und stellte mir vor, wie es sein würde, wenn ich nach meinem Urlaub wieder in meine stille Höhle zurückkehrte. Das fühlte sich nicht gut an, ganz und gar nicht.

Ich musste an Herrn Kranich denken, den Vermieter meiner Wohnung. Vielleicht würde es sich irgendwann ergeben, dass ich ganz mit Raffael zusammenwohnte. Und dann müsste sich Herr Kranich darum kümmern, meine Höhle an jemand anderen zu vermieten. Ich überlegte, wie ich es finden würde, wenn man mir plötzlich und unerwartet sagte, dass man auszog. Das war nicht nett! Herr Kranich tat mir jetzt schon leid, falls ich mal ausziehen würde. Ich beschloss, Herrn Kranich einen Gefallen zu tun. Ich wollte ihm schon mal vorsorglich mitteilen, dass es möglich war, dass ich bald nicht mehr bei ihm wohnen konnte. Ja, ich wollte ihm sicherheitshalber eine Kündigung schreiben. Eifrig setzte ich mich an den Schreibtisch, schob den Papierkram beiseite und nahm mir ein frisches Blatt. Ich schrieb:

Lieber Herr Kranich,

vielen Dank, dass Sie mir so lange Ihre Wohnung vermietet haben. Es hat mir sehr gut dort gefallen, denn die Räume sind so schön symmetrisch angeordnet. Ich habe auch immer alles gut saubergehalten und nicht geraucht. Es tut mir leid, aber wahrscheinlich kann ich nicht mehr sehr lange bei Ihnen wohnen.

Ich kündige, sage aber noch genau Bescheid, wann.

Herzliche Grüße von Rosalie Kuchenbäcker

PS.: Wenn Sie Raffael kennen würden, würden Sie mich verstehen.

Ich faltete das Blatt ganz ordentlich und steckte es in einen Umschlag, den ich in einer Schublade im Schreibtisch fand. Dann schrieb ich noch die Adresse von Herrn Kranich außen drauf. Beim Absender allerdings kam ich ins Schleudern. Sollte ich meine Adresse oder die von Raffael angeben? Ich wohnte ja gerade gar nicht zu Hause. Ich entschied mich für den Himbeerstrauch elf. Das fand ich ehrlicher.

Zufrieden brachte ich den Brief in den Flur und steckte ihn in meine Handtasche. Gleich morgen früh wollte ich ihn zur Post bringen.

So, jetzt konnte ich endlich duschen gehen. Danach schlüpfte ich in meinen Bademantel. Als ich mir gerade ein Handtuch zu einem Turban um meine nassen Haare knotete, klingelte das Telefon.

Ich lief zum Schreibtisch und nahm den Hörer ab. Ich war jetzt schon sicherer, was das Telefonieren anging. Ich sagte mit fester Stimme:

»Hallo! Hier ist Rosalie Kuchenbäcker. Aber das ist auch der Anschluss von Raffael Wolke. Ich mache hier nur Urlaub. Wer ist denn dran?«

Am anderen Ende gackerte jemand. Ich fragte:

»Johanna?«, ich glaubte, sie an ihrer Lache zu erkennen.

Johanna konnte kaum sprechen vor lauter Gekicher. Aber irgendwann brachte sie heraus:

»Püppi, willst du rüberkommen? Wir wollen jetzt anfangen zu essen.«

Aber ich wollte nicht.

»Das ist ganz nett, aber ich habe keine Zeit. Ich muss noch Klavier üben.«

Johanna kicherte wieder und sagte dann:

»Na gut. Schade, aber dann weißt du Bescheid, dass Raffael erst nach dem Essen wieder zu dir rüber kommt.«

Das war gut. Ich freute mich schon auf Raffael. Ich sah zur Uhr. Neunzehn Uhr drei. Dann konnte es höchstens eine halbe Stunde dauern, bis er in „unser" Zuhause zurückkehrte. Ich machte mir ein Brot und ging damit nach oben ins Dachgeschoss. Ich wollte tatsächlich unbedingt mal das Klavier ausprobieren. Und da ich jetzt alleine war, konnte ich schön herumklimpern, ohne dass meine schiefen Töne bemerkt wurden.

Ich stellte meinen Teller mit der Stulle erst mal auf das kleine Tischchen. Dann schob ich das Bänkchen vor dem Klavier ein wenig schräg zur Seite und ging noch mal zurück bis zur Treppe. Ich zog meinen Bademantelgürtel etwas strammer, richtete meinen Turban und stellte mir dann eine pompöse, feierliche Musik vor.

Ich schritt ganz langsam und erhaben in den Raum hinein. Das Publikum klatschte laut und jubelte. Ich lächelte kopfnickend den Tausenden Zuschauern zu, die mich feierten. Am Klavier angekommen verbeugte ich mich und hielt dabei das Handtuch auf meinem Kopf fest. Ich stellte mich direkt vors Klavier und zog mir das Bänkchen passend zu mir heran. Ich setzte mich und wartete, bis es im Saal ganz still war. Dann legte ich meine Hände auf das Klavier, so wie ich es bei Raffael gesehen hatte. Ich legte los. Ich ließ meine Finger über die Tasten sausen, von links nach rechts, dann immer auf einer Stelle und wieder zurück. Meine Finger zappelten auf und ab, als gäb's kein Morgen. Ich verzog mein Gesicht, als hätte ich Schmerzen. Das sollte besonders talentiert aussehen. Den fiesen Schmerz in meinen Ohren blendete ich einfach aus. Dann wurde meine Musik etwas gefühlvoller. Ich schüttelte meinen Kopf, der Turban wackelte. Und ich bewegte jetzt noch mehr meine Arme, vor allem die Ellenbogen. Ich machte mit meinem Ober-

körper kreisende Bewegungen und präsentierte hinge-
bungsvoll meine Lieder. Ich lieferte ein großartiges Kon-
zert. Ich spielte vier Stücke und war danach richtig außer
Atem. Ich ließ wieder feierlich die Finger auf dem Klavier ruhen, um anzuzeigen, dass die Darbietung jetzt zu
Ende war. Dann stand ich auf, schob das Bänkchen wieder etwas zurück und verbeugte mich tief in die Richtung, in der die beiden Sessel und der Tisch mit meiner
Stulle standen. Eine Hand wieder am Turban auf dem
Kopf. Der Applaus war sensationell. Es wurde gekreischt
und gepfiffen. Ich war die berühmteste Pianistin im ganzen Land. Die Masse erhob sich und rief immer wieder
„Zugabe!".

Langsam kam ich mit dem Oberkörper wieder aus der
Verbeugung heraus. Ich horchte auf. Natürlich bekam
ich rasenden Beifall, aber jetzt hörte ich ein echtes Klat-
schen. Es ertönte noch, als meine Gäste schon den Saal
verließen. Vor Schreck hielt ich mir die Hände vors Gesicht. Mir war kochend heiß. Ganz langsam drehte ich
mich um. Immer noch mit den Händen vor dem Gesicht. Vorsichtig sah ich durch zwei gespreizte Finger
zum Treppenaufgang. Oh nein! Ich wusste es...
Raffael klatschte fröhlich in die Hände.
»Applaus!«, rief er und pfiff grell durch die Zähne.
Dann lachte er und kam auf mich zu. Ich stand wie versteinert da und mochte ihn gar nicht ansehen. Raffael
nahm mich in die Arme. Er lachte immer noch. Dann
knabberte er komisch grunzend mit dem Mund an meinem Hals herum und kitzelte mich an der Taille. Jetzt
musste ich auch lachen. Aber gleichzeitig war mir auch
zum Heulen zumute.
Raffael tat, als würde er weit in die Ferne sehen und

machte mit dem ausgestreckten Arm und gespreizten Fingern einen Bogen in die Luft. Er sprach wie ein Wahrsager:

»Sie haben eine große Zukunft vor sich, Madame Rosalie!«

Er betonte das „ie" von Rosalie französisch. Ich vergrub mich wieder in seine Arme. Wie peinlich, dachte ich.

Raffael nahm mein Gesicht in beide Hände und küsste mich auf die Nasenspitze. Er besah sich meinen Turban. »Hübsch«, sagte er und küsste wieder meine Nase.

Dann fragte er:

»Wollen wir uns zusammen hinsetzen und dich ein wenig unterrichten?«

Ich machte große Augen.

»Oh ja«, strahlte ich ihn an.

»Achso«, sagte Raffael, »ich hab' dir was von Johannas Essen mitgebracht. Ist noch warm. Magst du?«

Und wie ich mochte! Ich hatte wirklich schon Hunger, mein Brot hatte ich nicht angerührt. Ich lief runter in die Küche und lud eine ordentliche Portion Rouladen, Rotkohl, Kartoffeln und Soße auf einen Teller. Den nahm ich mit nach oben und setzte mich zu Raffael auf das Bänkchen. Mit dem Teller auf dem Schoß futterte ich genüsslich drauflos, während Raffael mir das mit den weißen und schwarzen Tasten auf der Klaviertastatur erklärte. Dann schlüpfte ich in meinen Schlafanzug und befreite meine Haare, die mittlerweile schon fast trocken waren, endlich von dem unattraktiven Handtuch.

Wir verbrachten den ganzen Abend damit, mir Noten verständlich zu machen. Ich bat Raffael, ob er nicht, wenn er über Noten sprach, Vögelchen sagen konnte. Ich fand, das passte viel besser zu den kleinen, süßen Dingern. Er ließ sich dazu überreden und lachte.

»Hoffentlich fange ich im Unterricht nicht auch an, von Vögelchen zu sprechen.«

Wir saßen bis spät in die Nacht im Dachgeschoss, und Raffael wurde nicht müde, mir zu erklären, was ich über Musik wissen musste. Durch die großen Fenster sah uns der Mond dabei zu. Ich erkannte, dass Musik für mich mit Mathematik vergleichbar war. Musik war etwas, woran ich mich festhalten konnte. Da gab es keine Ausnahmen und kein „geht schon". Immer musste in einen Takt passen, was da hingehörte. Jedes Vögelchen hatte einen festen Platz. Das liebte ich. Und ich konnte zählen bis zum Abwinken. In der Musik gab es immer etwas zu zählen. Jeder Rhythmus, jede Melodie benötigte eine herzschlaggleiche Regelmäßigkeit, die mich ganz in ihren Bann zog.

Bevor wir zu Bett gingen, spielte Raffael mir noch mal das wunderbare Lied vor, in das ich mich verliebt hatte. Währenddessen durfte ich neben ihm auf dem Bänkchen sitzen. Ich fühlte mich, als würde mein Herz von vielen kleinen Noten-Vögelchen angehoben und ganz weit übers Meer getragen werden, hoch bis zu den Wolken. Raffael spielte den letzten Ton. Dann drückte er mich ganz fest und flüsterte mir ins Ohr:

»Das Lied heißt „Rosalie".«

Ich sah Raffael verblüfft an.

»Ich denke, es hat keinen Namen?«

Dann dämmerte es mir. Raffael musste es selbst komponiert haben. Hätte ich das gewusst, hätte ich neulich natürlich nicht das mit dem Idioten gesagt. Aber mich überkam noch ein anderes Gefühl. Ich musste an Klara denken. Das Lied war bestimmt eigentlich für sie ge-

dacht, und jetzt sagte Raffael nur, dass es für mich ist.
Klar — dachte ich — ist ja schön einfach zu sagen, dass es
keinen Namen hat. Dann kann man den Titel beliebig
austauschen, wenn die Frau wechselt. Das Rosalie-Lied
hieß in Wirklichkeit Klara!

Ich war enttäuscht. Ohne noch etwas zu sagen, ging ich
einfach allein ins Bett. Raffael brauchte für mich nicht
mehr punktgenau zur selben Zeit auf der Bettkante sitzen. Sollte er doch wieder zu Klara gehen. Ich war in diesem Haus überflüssig! Am liebsten wäre ich sofort wieder nach Hause in meine Höhle gefahren.

Raffael kam zu mir auf die Bettkante.

»Was ist los?«, fragte er scheinheilig.

»Das Lied war für Klara«, sagte ich mit zerknautschtem
Gesichtsausdruck.

»Nein!«, verteidigte er sich und strich mir mit der Hand
über die Wange.

Ich schob grob seinen Arm weg. Raffael erklärte:

»Am Abend, nachdem wir uns im Seestern begegnet
sind, habe ich angefangen, das Lied zu schreiben. Ich bin
die ganze Nacht wachgeblieben, weil es mich nicht mehr
losgelassen hat. Ich musste unbedingt zu Papier bringen,
was in mir vorging. Rosa — Klara hat damit überhaupt
nichts zu tun.«

Raffael sah mich wieder so offen und direkt an. Wenn
das wirklich stimmte, dann hatte ich jetzt ein echtes eige-
nes Lied. Und dann noch so ein schönes! Ich versuchte,
Klara aus meinen Gedanken zu verbannen und fühlte
mich ein bisschen besser. Irgendwie glaubte ich Raffael.
Ich wollte jetzt doch weiter hier Urlaub machen. Raffael
kam zu mir ins Bett und zog mich in seinen Arm. Es
fühlte sich gut an, von dem Komponisten seines eigenen
Liedes in den Arm genommen zu werden. Ich sagte:

»Kann ich meinen nächsten Urlaub auch bei dir verbringen?«

Raffael fasste unter mein Kinn und sah mich an.

»Jeden Urlaub, den du willst.«

Sein Blick veränderte sich; als würde er durch mich hindurchsehen; als wäre er mit seinen Gedanken ganz woanders. Immer noch mit diesem komischen Blick sagte er:

»Vielleicht können wir es irgendwann umdrehen. Dann bist du hier nicht mehr im Urlaub, sondern zu Hause, und wir machen zusammen irgendwo Urlaub.«

In meiner Höhle, kombinierte ich. Und dann dachte ich an Herrn Kranich, und ob es gehen würde, meine Höhle für ein paar Wochen im Jahr zu mieten. Und ich war froh, schon mal die Kündigung geschrieben zu haben.

Raffael hatte immer noch den seltsam gedankenverlorenen Blick und sagte:

»Wer weiß, vielleicht bist du irgendwann so gut am Klavier, dass du auch unterrichten kannst. Dann müsstest du nicht mehr in die Fabrik.«

Ich erschrak. Meine geliebte Fließbandmusik! Nie würde ich meine Deckelchen und Shampooflaschen aufgeben! Niemals! Mir schoss mein Chef, Herr Wolke, in den Kopf. Raffaels Vater.

Ganz vorsichtig sagte ich zu Raffael:

»Ähm… was ich noch sagen wollte… ähm… dein Herr Wolke ist auch mein Herr Wolke.«

Raffael war gar nicht überrascht.

»Das habe ich befürchtet«, sagte er, »Johanna hat so etwas angedeutet.«

Das verstand ich nicht. Das war doch nicht schlimm.

Ich mochte meinen Chef immer sehr gerne. Er war einer der wenigen Männer, die ich überhaupt mochte. Er war immer sehr zufrieden mit meiner Arbeit, und bis auf den Zwangsurlaub war er mir immer wohlgesonnen. Ich überlegte, ob es nicht möglich wäre, keinen meiner Herren Wolke zu enttäuschen. Ich kam auf die Idee, meinen Chef zu fragen, ob es grundsätzlich möglich wäre, vielleicht nur noch vormittags die Arbeit am Fließband ausüben zu können. Dann hätte ich den Rest des Tages frei für Raffael. Das wäre gerecht, fand ich.

Ich nahm mir vor, gleich am nächsten Morgen in den Betrieb zu fahren und mich bei Herrn Wolke darüber zu erkundigen.

Unser Gespräch brach an dieser Stelle ab. Raffael und ich hatten keine Lust mehr, uns über meine Arbeit zu unterhalten. Wir wollten lieber zusammen in einem „Liebesroman lesen".

Am nächsten Morgen standen wir sehr früh auf. Raffael bekam schon um acht den ersten Schüler. So reduzierte sich unser Frühstück auf einen Kaffee, und wir liefen immer hektisch aneinander vorbei, um uns für den heutigen Tag startklar zu machen. Ich wollte zeitig zu Herrn Wolke fahren. Raffael erzählte ich, dass ich für ihn eine Zahnbürste kaufen wollte. Ich konnte ihm später immer noch beichten, dass ich bei seinem Vater war.

Als ich gerade im Flur auf der Matte meine Schuhe anzog, klingelte es. Ich öffnete einem rothaarigen Mann mit ganz vielen lustigen Sommersprossen die Tür und winkte ihn durch ins Dachgeschoss. Raffaels Klavierschüler. Ich rief »ich fahr' los!« in den leeren Flur und ging hinaus zu meinem Auto. Der Regen war vorbei. Heute war ein herrlicher Spätsommertag. Die Luft war jetzt schon ganz warm, und der Himmel strahlte blau. Mit der Kündigung für Herrn Kranich in der Tasche setzte ich mich in meinen Wagen und fuhr los in die Stadt.

Zuerst hielt ich bei der Post an und ging in das alte Gebäude hinein. Die freundliche Frau am Schalter erkannte mich gleich und sagte:

»Hallo, Rosalie.«

Ich schob ihr meinen Brief für Herrn Kranich hin. Anstatt eine Briefmarke auf den Umschlag zu kleben, wie sie es bei den anderen Kunden tat, gab sie mir die Marke in die Hand und lächelte. So konnte ich nämlich selber die Briefmarke auf den Umschlag kleben. Mir war es einfach wichtig, dass man die Briefmarke wirklich exakt ausgerichtet aufklebte, und dafür hatte ich ein gutes Au-

ge. Jedenfalls ein besseres als alle, die hier in der Post arbeiteten. Und da ich hier früher manchmal Streit bekam,
weil ich die schräg aufgeklebte Briefmarke wieder entfer-
nen lassen wollte, durfte ich sie von da an selber platzie-
ren. Somit hatte ich Herrn Kranich „erledigt" und fuhr
mit meinem Auto zu der Kosmetikfabrik, in der ich sonst
arbeitete.

Auf dem Weg dorthin musste ich immerzu daran denken, dass Herr Wolke nicht mehr mit Raffael reden wollte. Er war doch sein Vater! Ich konnte das überhaupt
nicht verstehen. Von allen Menschen auf der Welt redete
ich am liebsten mit Raffael!

Ich parkte mein Auto, ging dann im Hauptgebäude die
vielen Treppen hoch bis zu den Büros und klopfte an
Herrn Wolkes Tür. Ich wartete, bis ich hereingebeten
wurde. Ich war schon ganz aufgeregt, denn Herr Wolke
war jetzt ja nicht mehr nur mein Chef. Ich fühlte mich
durch Raffael tief mit ihm verbunden. Als ich dann zu
ihm hineinging, saß er auf einem drehbaren Bürosessel
und fragte mich freundlich, was es denn Wichtiges geben
würde.

Ich konnte mich nicht mehr zurückhalten. Ich stürzte
auf ihn zu, beugte mich vor und fiel ihm um den Hals.

»Papa!«, rief ich und drückte ihn fest an mein Herz.

Herr Wolke war ganz erschrocken und sprang aus seinem Sessel auf.

»Frau Kuchenbäcker!«, rief er entrüstet. »Was ist denn
mit Ihnen los?«

Ich setzte mich auf den Stuhl, der auf der anderen Seite
seines Schreibtisches stand und bat ihn, auch wieder
Platz zu nehmen. Herr Wolke war so durcheinander, dass
er sich artig wieder hinsetzte. Er starrte mich an. Ich

freute mich über seine uneingeschränkte Aufmerksamkeit und begann, ihm zu erklären:

»Lieber Herr Wolke. Ich bin jetzt mit Raffael zusammen.«

Herr Wolkes Blick wurde noch durchdringender. Ich erzählte weiter:

»Er ist total nett, und auf seinem Hof ist es ganz toll, und er kann unglaublich gut Klavier spielen.«

Ich bemerkte ein ganz klitzekleines Lächeln auf Herrn Wolkes Lippen. Das gab mir Mut, weiterzureden:

»Es tut mir so weh, dass Sie nicht mehr mit Raffael reden. Warum kommen Sie uns nicht einfach mal besuchen, wo wir doch jetzt eine Familie sind?«

Hoffnungsvoll wartete ich auf die Antwort von Herrn Wolke. Er räusperte sich.

»Ja, also Frau Kuchenbäcker...«

Ich unterbrach Herrn Wolke:

»Rosa — ich bin Rosa.«

Er begann noch einmal neu:

»Ja, also Rosa, ähm... ich weiß gar nicht, was ich sagen soll. Also... ähm... ich nehme Ihre Einladung sehr gerne an.«

Ich strahlte vor Freude.

»Oh vielen Dank! Ich sage Ihnen rechtzeitig Bescheid. Und da wäre noch etwas.«

Herr Wolke lockerte mit einer Hand ein wenig seine Krawatte. Er schien schlecht Luft zu bekommen. Ich trug den zweiten Teil meines Anliegens vor:

»Ich möchte gerne mehr Zeit mit Raffael verbringen. Deshalb wollte ich fragen, ob ich in Zukunft nur noch vormittags hier arbeiten könnte. Es muss ja nicht sofort sein, aber vielleicht doch schon ziemlich bald.«

Herr Wolke schien erleichtert.

»Nun ja, Rosa, das ließe sich einrichten.«

Ich bedankte mich noch einmal bei Herrn Wolke und verließ mit den Worten »wir melden uns dann bei Ihnen« sein Büro.

Ich hüpfte fröhlich wieder alle Treppen herunter und fuhr mit meinem Auto zurück in die Stadt. Ich musste ja in der Drogerie noch eine Zahnbürste besorgen. Ich beeilte mich dabei ganz doll. So überlistete ich mich, keine Vorrats-Zahnpastatuben zu kaufen. Ich hatte Raffael ein Versprechen gegeben, und das wollte ich auch unbedingt halten. Ich rannte durch den Laden bis zur Kasse, als wäre hinter mir Feuer ausgebrochen. Aber − als ich wieder im Auto saß, betrachtete ich stolz die Zahnbürste, die mein einziger Einkauf geblieben war. Zufrieden fuhr ich wieder zum Himbeerstrauch elf zurück. Als ich die Tür aufschloss, hörte ich von oben einzelne Klaviertöne. Musik mochte ich es nicht nennen. Ich wusste sofort, dass Raffael in diesem Moment nicht am Klavier saß. Ich zog meine Schuhe aus und ging direkt ins Bad, um die Zahnbürste auszutauschen. Als ich wieder in die Küche kam, hörte ich Schritte auf der Treppe. Danach verabschiedete Raffael eine Frau Feuervogel an der Haustür.

Raffael kam zu mir in die Küche und küsste mich. Er merkte an:

»Du brauchst aber lange, um eine Zahnbürste zu kaufen.«

Ich wollte Raffael erklären, dass ich bei seinem Vater war und er uns besuchen kommen wollte. Aber ich traute mich nicht. Deshalb antwortete ich:

»Ich konnte mich nicht entscheiden, welche Farbe ich nehmen soll.«

Raffael grinste und sagte:

»Ich muss auch unbedingt noch mal kurz in die Stadt fahren. Ich habe jetzt bis halb zwei Pause und noch was Wichtiges zu erledigen.«

Ich sah zur Uhr. Es war viertel nach elf.

Dann sagte ich:

»Aber beeile dich, denn ich muss dir noch etwas Wichtiges erzählen.« Mein „Wichtiges" betonte ich kräftig.

Es gab keinen anderen Weg, ich musste Raffael von Herrn Wolke berichten. Sonst konnte ich die Einladung vergessen. Raffael schnappte sich die Schlüssel für den Pick-up und verließ die Wohnung. Was er wohl zu erledigen hatte? Ich wollte nicht so aufdringlich sein und fragte erstmal lieber nicht nach.

Ich beschloss, jetzt endlich mal Johanna zu besuchen. Sie durfte eigentlich noch nicht zur Arbeit gefahren sein. Ich war mir ziemlich sicher, dass sie erst so gegen dreizehn Uhr Arbeitsbeginn hatte. Ich ging hinten im Wohnzimmer durch die Terrassentür und ließ sie angelehnt. Nun klingelte ich bei Johanna und wartete.

Ja, sie war zu Hause. Sie öffnete mir die Tür und umarmte mich.

»Wie schön. Komm rein, Püppi!«, rief sie.

Sie machte uns einen Kaffee, und wir kamen ins Plaudern. Johanna war ganz aus dem Häuschen darüber, dass ich hier bei Raffael Urlaub machte. Sie beschrieb das mit »unglaublich!«, »wer hätte das gedacht!« und »gibt's doch gar nicht!« und so was. Und dann erzählte sie mir, dass sie im Gefühl hatte, dass sich in naher Zukunft mit Mike und ihr etwas anbahnen würde. Schließlich würde er sie oft besuchen. Dazu kam noch die Idee mit dem gemeinsamen Kinderhort und seine Hilfsbereitschaft und alles.

Ich sagte Johanna, dass ich das toll finden würde. Dann hätten wir zwei Paare auf dem Hof. Und ich sagte noch:

»Zu dem Wort Paar gehören für mich eigentlich sowieso zwei Paare. Das steckt in dem Wort ja schon irgendwie mit drin.«

Johanna zeigte mir noch mal ihre Wohnung, weil sie mittlerweile viel verändert und dekoriert hatte. Aber irgendwann hatte ich bei Johanna genug und wollte lieber wieder in mein Urlaubs-Zuhause. Also verabschiedete ich mich und ging wieder rüber zur Terrassentür. Dabei bemerkte ich, dass die Tür zur Scheune offenstand. Und es klapperte von drinnen. Neugierig lief ich hinüber. War Raffael schon zurückgekommen? Da hatte ich mich bei Johanna doch ganz schön lange verquatscht.

Ich sah durch die Tür. Gleich neben dem Eingang bei den Angstmacherställen fand ich Raffael auf dem Boden vor. Er lag auf dem Rücken und hatte seine Beine angewinkelt. Ich erschrak und blickte genauer um die Ecke. Jetzt sah ich, dass er mit dem Kopf unter einem Waschbecken lag und mit erhobenen Armen ein Rohr unterhalb dieses Waschbeckens installierte. An der Wand hing ein großer Behälter mit einer blauen Flüssigkeit, der da sonst nicht hing. Ich jubelte innerlich. Desinfektionsmittel!

Raffael bemerkte mich und kam unter dem Waschbecken hervorgekrabbelt. Mit einem »so, das hätten wir« legte er eine Zange und noch ein ähnliches Ding beiseite. Er sah mich an und sagte:

»Ist dann nicht mehr so umständlich, oder?«
Er grinste breit.

Ich probierte gleich die blaue Flüssigkeit aus. Ich verrieb sie in meinen Händen und roch daran.

»Perfekt!«, sagte ich und lachte Raffael an. So konnte ich immer mal schnell wutsch, wutsch, alle möglichen Bazillen loswerden. Großartig!

146

Wir gingen durch die Terrassentür zurück ins Haus. Ich forderte Raffael auf, sich aufs Sofa zu setzen. Denn jetzt musste ich unbedingt mit ihm meine wichtige Sache besprechen. Ich schob die ordentlich gefaltete Wolldecke ein wenig beiseite und setzte mich zu ihm. Raffael sah mich erwartungsvoll an. Dann sagte ich:

»Ich war vorhin bei Herrn Wolke.«

Raffael guckte äußerst skeptisch, bestätigte dann aber:

»Bei meinem Vater. Und weiter?«

Ich wusste nicht recht, wie ich mich ausdrücken sollte, deshalb platzte ich einfach gleich mit allem heraus:

»Er kommt uns am Samstag besuchen.«

Raffael zog die Stirn kraus und fragte:

»Wirklich?« Er war sehr misstrauisch.

Da es sooo fest abgemacht ja nun doch noch nicht war, weil ich ein bisschen übertrieben hatte, musste ich mir etwas einfallen lassen. Ich holte das Telefon und setzte mich wieder zu Raffael. Ich eröffnete ihm:

»Ich muss ihn nur schnell anrufen und sagen, dass uns Samstag um fünfzehn Uhr gut passt.«

Ich fügte noch so gelassen wie möglich hinzu:

»Er wartet darauf.«

Ich wählte Herrn Wolkes Nummer aus dem Büro und ließ es klingeln, bis er abnahm.

»Wolke, hallo?« Mein Herz klopfte spürbar. Ich bemühte mich um eine neutrale Stimmlage und sagte:

»Hallo, hier ist Rosa. Ich…«

Dann täuschte ich einen plötzlichen Hustenanfall vor. Ich tat, als würde ich noch weiterreden wollen, aber kein Wort mehr herausbekommen. Ich keuchte und quälte mir ein »Moment bitte« heraus. Dann drückte ich blitzschnell Raffael den Hörer in die Hand. Ich sprang auf und verließ fluchtartig das Wohnzimmer durch die Terrassentür. Draußen hustete und keuchte ich noch ein bisschen, damit es so aussah, als würde ich mich noch immer nicht von dem Hustenanfall erholt haben. Ich ging soweit von der Tür weg zur Seite an die Hauswand, dass Raffael mich nicht mehr sehen konnte und wartete ab.

Ein paar Minuten später kam Raffael nach draußen und sah sich um, wo ich abgeblieben war. In diesem Moment verteufelte ich mich dafür, den Kontakt eingefädelt zu haben, denn ich hatte Angst, dass Raffael sauer auf mich war. Als er mich entdeckte, kam er zu mir und sagte:

»Du bist unmöglich«, aber er lächelte dabei. »Mein Vater kommt tatsächlich am Samstag. Danke, Rosa.«
Er strich mir mit den Fingern über die Wange. Entfernt hörten wir es an der Haustür klingeln. Raffael sah auf seine Uhr.

»Das ist Jonas. Ich muss wieder arbeiten.«
Raffael küsste mich schnell und ging zügig nach drinnen, um Jonas reinzulassen. Ich schlüpfte auch durch die Terrassentür und setzte mich aufs Sofa. Ich überlegte zufrieden, was ich jetzt mit meiner Zeit anstellen wollte. Meine Laune war wirklich großartig. Wenn ich mich so gut fühlte, tat ich eine Sache immer besonders gern. Saubermachen! Ich hatte das Gefühl, als wäre es schon eine Ewigkeit her, dass ich mal wieder so richtig schön gescheuert und geschrubbt hatte. Ich sprang auf und lief eifrig in die Küche. Ich sammelte mir alle Putzmittel zusammen, die ich brauchte, und begann, wie wild jeden Winkel der Wohnung auf Hochglanz zu bringen. Ich fing vorne im Flur an, arbeitete mich weiter vor bis zur Küche und landete dann im Wohnzimmer. Ich ließ nichts aus. Ich putzte sogar alle Fenster. Ich wirbelte herum und hatte meine wahre Freude daran. Ich beschloss, mir am

Donnerstag auch das Dachgeschoss vorzuknöpfen, denn an dem Tag der Woche kamen keine Klavierschüler. Ich konnte an einem anderen Tag ja wohl schlecht mit dem Schrubber um sie herumsausen. Das trug ich gleich in meinen großen Wandkalender ein.

DGD1, also Donnerstag – Großputz – Dachgeschoss. Schrecklichkeitsnummer eins.

Dann wischte ich auf Knien Staub an den Fußleisten im Wohnzimmer. Während ich so vor mich hin putzte, klingelte es noch zweimal an der Tür. Wieder Klavierschüler. Als ich gerade das Sofa zurückschob, weil ich darunter gefeudelt hatte, kam Raffael zu mir. Es war sechzehn Uhr. Er hatte für heute Feierabend. Ich sagte ihm, dass ich jetzt nur noch das Badezimmer saubermachen wollte. In einer Stunde würde ich damit fertig sein. Raffael meinte, dass das gut passte, da er jetzt noch Papierkram erledigen wollte.

So zog ich mit meinem mit Putzmitteln gefüllten Eimer um ins Badezimmer. Flupp, flupp, die Gummihandschuhe an, und los ging es. Badezimmer putzte ich besonders gern. Da blitzte hinterher immer alles so schön. Die Fliesen glänzten, und die Armaturen funkelten richtig. Und die ganzen kleinen Winkel und Ecken! Perfekt für kleine, flinke Gummihandschuhhände. Ich kam gut voran. Als ich gerade mit dem Oberkörper über der Badewanne hing, um den Wasserhahn zu scheuern, kam Raffael herein.

»So, mein kleiner Putzteufel«, sagte er, »bringst du es fertig, eine Pause zu machen?«

Och nee, dachte ich. Ich war so gut in Fahrt.

»Warum, was ist denn?«, fragte ich beinahe ungnädig.

»Das siehst du dann schon.«

Ich wurde zwar neugierig, aber so richtig wollte ich immer noch nicht. Ich nahm die Brause der Dusche und spülte den Wasserhahn mit heißem Wasser ab. Raffael lehnte sich über die Badewanne und drehte mir den Hahn zu. Dann hängte er den Duschkopf in die Halterung. Er griff nach meinen Händen und zupfte mir die Gummihandschuhe von den Fingern. Raffael warf sie ins Waschbecken und sagte gespielt böse:

»Abflug!« und deutete mit dem Zeigefinger auf die Badezimmertür.

Na gut. Es schien ja dringend zu sein. Ich wusch mir am Waschbecken gründlich die Hände und folgte Raffael. Er nahm mich an die Hand und führte mich durch das blitzblanke Wohnzimmer, hinaus durch die Terrassentür und hinüber zu den eingezäunten Wiesen.

Oh nein, dachte ich. Jetzt sollte ich bestimmt die Fellkissen anfassen. Ich erinnerte mich an das neue Waschbecken in der Scheune und war ein wenig erleichtert, dass ich dort schnell alle Bazillen wieder loswerden konnte. Ich ermahnte mich: Rosa, Opfer bringen!

Aber Raffael ging mit mir an der Hundewiese vorbei und führte mich zu einer Rasenfläche, die an eine Hecke grenzte. Dann sah ich auch schon etwas vor uns im Gras. Wow! Raffael hatte uns ein Picknick arrangiert. Und was für eins! Ein echtes Rosa-Spezial-Picknick. Ich ging dichter heran und bestaunte Raffaels Werk. Direkt auf dem Rasen lag eine graue Plastikplane, die ein gutes Stück unter einer darüberliegenden karierten Wolldecke herausguckte. Darauf lag noch eine anders karierte Wolldecke. Großartig! So hatte wirklich auch das hartnäckigste Krabbeltier keine Chance, sich durch die vielen Lagen zu bohren. Auf den Decken standen eine Kaffeekanne, ein Krug mit Fruchtsaft und Servietten. Daneben gab es einzeln abgepackte feuchte Desinfektionstücher, Gläser und Kaffeebecher. In der Mitte der Decke stand ein rechteckiges, großes Silbertablett. Darauf lagen ganz viele kleine Häppchen. Es gab verschiedene Brotsorten und reichlich Auswahl an Aufschnitt. Und jedes einzelne Häppchen war sogar für mein Auge absolut quadratisch. Die Wurst- und Käsescheiben waren dermaßen exakt an das Brot darunter angeglichen, dass selbst ich es nicht hätte besser machen können. Es gab auch noch kleine Extra-Teller. Auf jedem lag immer nur eine einzige Lebensmittel-Sorte. Hervorragend! Ich betrachtete die Tellerchen. Es gab Weintrauben, die alle die gleiche Größe hatten und in Zehner-Reihen immer nur ihren Nebenmann berührten. Und kleine Käsewürfel, die so akkurat wie echte Spielwürfel geformt waren. Daneben stand ein Teller mit Tomaten, denen die Rundungen so abgeschnitten waren, dass sie auf sechs Seiten hätten stehen können. Sogar die kleinen Gewürzgürkchen waren exakt begradigt. Am allerbesten gefiel mir, dass alle Speisen mit transparenten Abdeckhauben vor gefräßigen Insekten geschützt wurden. Ich war beeindruckt.

»Du bist verrückt«, sagte ich und hockte mich sofort auf die Decke.

»Na, zum Glück bist du normal«, antwortete Raffael und lachte.

Er setzte sich zu mir und schenkte uns Kaffee ein. Dann aßen wir uns an den Leckereien ordentlich satt. Raffael hatte mir mit diesem Picknick wirklich eine riesige Freude gemacht.

Als kein einziger Bissen mehr in uns reinpassen wollte, schoben wir die Reste beiseite und legten uns rundgefuttert auf die Decke. Ganz platt auf den Rücken. Raffael zog mich in seinen Arm und küsste mich auf die Stirn.

Wir hielten uns an den Händen und lagen einfach nur so da. Raffael knabberte gedankenverloren auf einem Grashalm. Das fand ich ziemlich eklig, ich konnte aber darüber hinwegsehen.

Es fühlte sich unglaublich gut an, mit Raffael ein Paar zu sein. Durch ihn war mein Leben auf einmal ganz anders. Und ich wusste auch, woran das lag.

Raffael hatte eine ganz besondere Gabe. Er machte für mich die Welt viereckig, und dadurch wurde sie für mich rund. Er gab mir das Gefühl, „richtig" zu sein, obwohl es mir immer wieder passierte, dass ich anders war als alle anderen.

Deshalb beschloss ich, ihm heute ein Geheimnis von mir anzuvertrauen. Nicht das Versteckspiel in der Drogerie, das wollte ich für mich behalten. Auch nicht meine heimliche Kündigung und meine vorsorgliche Arbeitszeitkürzung. Ich hatte noch ein anderes Geheimnis.

Mein Kaffee-Geheimnis. Alle Menschen tranken ständig Kaffee. Egal wo man war, ohne Kaffee ging gar nichts. Deshalb fand ich es unheimlich schick, auch immer Kaffee zu nehmen, wenn ich gefragt wurde. Obwohl er scheußlich schmeckte und ich ihn nie anrührte, gefiel es mir, zu den Kaffeetrinkern zu gehören.

Ich fand, Raffael hatte es verdient, die Wahrheit zu erfahren. Ich kuschelte mich ein bisschen dichter an ihn heran und sagte:

»Ich muss dir ein Geheimnis verraten.«

Raffael sagte nichts. Er wartete ab, was ich ihm zu erzählen hatte, während er mit den Fingern ohne erkennbares System an meiner Hand herumknispelte. Ein wenig besorgt blickte ich ihn von der Seite an. Ich wollte nicht, dass er mich für verrückt hielt. Aber dann gestand ich ihm:

»Ich trinke gar keinen Kaffee.«

Jetzt war es heraus.

Raffael sah in den Himmel.

»Ja, ich weiß«, sagte er und küsste sanft meine Hand.

Dann lächelte er und sagte noch mal ganz leise:

»Ich weiß…«

Ende

Katja Herzog

Als Michel in den Himmel ging

Trostbuch für Kinder

Der kleine Kater Michel zeigt allen Kindern den Himmel. Ganz unerwartet wurde er von seinem Beschützer-Kater Bruno die Leiter hinauf in den Himmel geschickt. Michel lernt nun in den Wolken andere Haustiere und deren Geschichte kennen. Obwohl er traurig ist, nicht mehr auf der Erde zu sein, wird er im Himmel sehr glücklich – denn er darf jeden Abend dem kleinen Mädchen Laura zuwinken, bei der er auf der Erde zu Hause war.

Eine rührende Geschichte, die Kinder darauf vorbereitet, dass Haustiere nur eine bestimmte Zeit auf der Erde leben und Trost spendet, wenn sie das geliebte Haustier verloren haben. (ab ca. 3 Jahren)

ISBN: 978-3-8423-4689-5 Books on Demand GmbH

Katja Herzog

KABAO

Während einer Bootstour gelangen die Freunde Tom, Nick und Quitte auf geheimnisvolle Weise in die Höhlenwelt Jola. Dort gilt es, mutig Hindernisse zu überwinden, spannende Aufgaben zu erfüllen und ein atemberaubendes Rätsel zu lösen. Ein waghalsiges Abenteuer beginnt, denn alle Kinderwünsche dieser Erde sind in Gefahr…

Eine fantastische Geschichte für Mädchen und Jungen, in der Freundschaft ganz groß geschrieben wird!

(ab ca. 8 Jahren)

ISBN: 978-3-8370-5227-5 Books on Demand GmbH